E高生の奇妙な日常

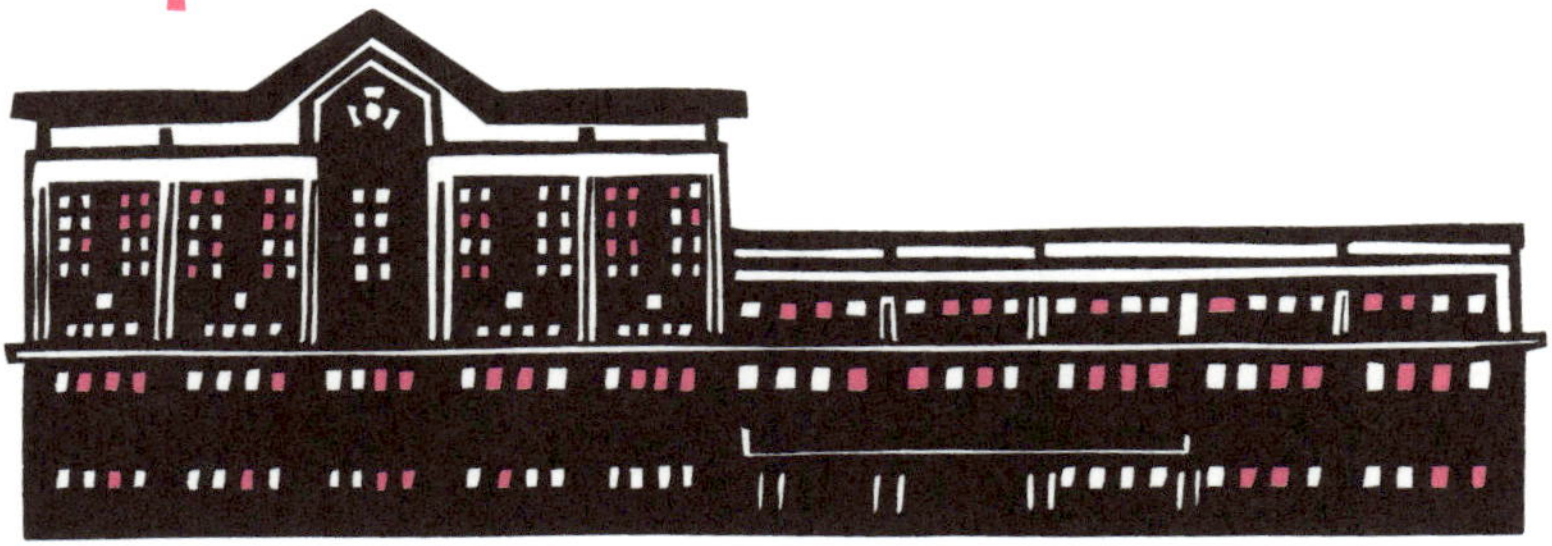

田丸雅智

角川春樹事務所

E高生の奇妙な日常

E高生の奇妙な日常　目次

切り絵　ナカニシカオリ
装幀　　albireo

層《そう》人《にん》間《げん》

部活帰り。校門が近づいてくると、じわじわと切なさが押し寄せてくる。

帰りたくない気持ちと、帰らないといけない現実。その狭間《はざま》で気持ちが揺れて、わざとゆっくり歩いたりする。門を出てしまうと、なんだか二度と戻ってこられないような思いにもなる。

それでも、学校への未練を引きずりながら、生徒たちは散り散りになっていく。おれも自転車に跨《また》がって、部活仲間と群れをなして帰りはじめる。

ときに、ぐずぐずとコンビニに寄ってみたり。ときに、本屋の前にたむろしてみたり。

やがて再び自転車を走らせて、ひとり、またひとりと手を振りながら離れていく。

道行く車のヘッドライトが、薄暗くなった道を黄色く照らす。赤いテールランプがぽつぽつ灯《とも》る。

話題も少なくなってきたころ、おれはNと二人だけになっている。Nは学校から一番遠いところに住んでいて、二番目に遠いおれと、いつも最後に残るのだ。

じゃあな、N。

夜風を切り、そう言って家に向かう坂を下りていくのが、一日を締めくくるやり取りだ。

これまでも、そしてこれからも、同じ毎日はつづいていく――。

そんなNに、ずっと聞こうと思っていることがあった。

なぜだかNは、下校途中でいろんな人に手を振っているのだった。

もちろん、一緒に帰っているやつにではない。Nの視線の先を一瞥《いちべつ》すると、高校生らしい人影がNに向かって手を振り返して去っていくのだ。

ほかの学校の友達だろうかと思いながら、なんとなく、聞く機会を逃していた。

けれど、ある日、休み時間に話題が途切れたのをきっかけに、おれはNに尋ねてみた。

あの去っていく人影たちは、いったい誰《だれ》なのか、と。

「いや、あれは……」

Nはなぜだか、言葉を濁《にご》した。

おれが黙ってつづきを待っていると、Nはさらに、しどろもどろになっていった。

「友達っていうか、なんていうか……」

「どこ高《こう》のやつ？」

「どこって……E高と言えばそうだけど……」

「おれらと同じ？　なんだ、なら早く言ってよ。何年のやつ？」

頭の中に、E高男子の顔がスライドされる。

が、依然としてNは煮え切らない表情のままだった。

「いやあ……」

込み入った話なら、聞かないほうがいいこともある。でも、そういう感じでもなさそうだった。

しつこく尋ねているうちに、Nはようやく話しはじめた。

「じつは……あいつらは全部おれなんだよ」

「なんだって？」

予期せぬ言葉に、おれは目を白黒させた。

「全部、N……？」

「まあ、この際だからお前にだけは言うけどさ……うちは特殊な家系なんだ」

声を潜《ひそ》めて、Nはつづける。

「自分自身をいろんな層に分けられる、層人間っていう一族で」

「そうにんげん……」

おれは混乱するばかりだった。

Nは、しばらく考える様子を見せたあとで言った。

「どう言ったらいいのかな……いまの自分、つまりおれ自身は、たくさんの層が重なり合って成り立ってる存在で。逆に言うと、分身の術みたいに、いつでも層ごとに自分を分けることができるんだよ」

信じがたい思いの中で、おれは多重人格みたいなものだろうかと考えた。

「いや、精神的なものじゃなくて、物理的なものなんだ。いつでも自分を分離できたり統合できたりするってわけ。まあ、層に分かれれば分かれるほど、ひとりひとりのおれの存在感は薄くなっちゃうんだけどさ」

ということは、と、おれは尋ねる。

「いつも手を振って途中で別れてるやつらは、お前から分離した層たちだってこと……？」

Nは深く頷《うなず》いた。

おれは下校のときの光景を改めて思い返す。言われてみれば、思い当たる節《ふし》がある。人影たちのシルエットが、たしかにNと似ているのだった。

「……でも、なんでわざわざ層に分かれたりするんだよ」

存在感が薄くなるのだったらなおさらじゃないかと、素朴な疑問が湧《わ》いてきた。

「勉強のためさ」

Nは言う。

「高校になって授業のレベルが一気に上がっただろ？　だから層ごとに担当教科を決めて、集中して勉強するようにしてるんだ。部活をやってると余計に使える時間には限りがあるから、やむをえず」

なるほどと思いつつ、おれは内心、もやもやするところがあった。というのも、フェアじゃない、と感じたからだ。

自分は家に帰ってから、それなりにハードな生活を送っている。食事、入浴、仮眠。そのあとで、ひとり膨大な宿題と格闘するのだ。もしNの言うことが本当ならば、そんなに素晴らしい話はない。

「羨《うらや》ましいなぁ……」

おれは思わず呟《つぶや》いた。

「だから、みんなには黙ってるんだ」

Nは顔を曇《くも》らせる。

「おれだって、別に好きで層人間に生まれたわけじゃない。でも、生まれたからには宝の持ち腐れもよくないなと思ってて。だから感謝しながら恩恵に与《あずか》ってるってわけなんだけど、こんな話を人にしても嫌味なだけだってのも分かってる。それで、みんなには隠してて……」

ううん、と、おれは言葉が出ない。たしかに、変な言いがかりをつけて絡んでくるやつは出てきそうだ。

ただ、少しだけNに同情的な感情が芽生えた反面、妬《ねた》む気持ちは拭《ぬぐ》いきれなかった。

「でも、これはこれで、少しは苦労もあるんだよ」

おれの内心を察してか、Nは口を開く。

「都合のいい話ばっかりじゃなくってね。層によってはサボったりするやつもいるんだから、なかなかうまくいかないのが現状で」

「サボる？」

「いくら分離されたとしても、元は同じってこと。残念ながら、おれはおれだからさ……」

Nは苦笑を浮かべる。

「体育とか部活とかのスポーツ担当のスポーツ層は、積極的に練習したりしてくれる。でも、数学担当の数学層はサボりがちで。すぐ集中力が切れて、漫画を読んだり携帯をいじったりするんだよ。親に見つかって怒られるのも、だいたいそいつでね」

親、という言葉が引っ掛かったので聞いてみた。

「親御さんも層人間ってやつなの？」

「母親の家系がね。うちの母親はしばらく分離してなかったんだけど、おれの進学に合わせて勉強に専念できるようにって層に分かれてくれて。いまはおれと母親の層が二人セットになって、いろんなところに住んでるんだ。だから、家がたくさんある状態だね。おれは下校の途中で分離して、それぞれの家に帰ってくんだ。そしてまた朝の通学で順々に合流していって、校門をくぐるまでにひとつに統合されるってわけだよ」

なんだかややこしい話だなぁと、おれは思った。

「そんな面倒なことなんかせずに、みんな一緒に住めばいいじゃないか」

「それができればいいんだけどねぇ。層たちが集まったら場所もとるし、一緒にいると、ついつい喋《しゃべ》りたくなるだろ？　いろんな意味で、別の場所に住むほうが効率的なんだよ」

おれは自分が一度にたくさんいる様子を想像してみた。

食事、入浴、仮眠……たしかに、大勢で同時にこなすのはスペース的に難しそうだ。お互い気が合うのも当たり前だから、雑談ばかりで何も捗《はかど》らない気もする。それならば、いっそ離れて住むほうがよさそうだ。

「……だけど、やっぱり羨ましいよ」

おれは素直な気持ちをNに伝える。

「この先、いろんなことで役に立つだろうしなぁ……」

大学に行ったら、やりたいことが増えるに決まってる。勉強は置いておいても、遊びに飲み会、旅行だって、ひとりで全部カバーするには時間が足りない。

社会に出ても、同じようなものなんじゃないか、とも思う。層になって自分が増える分だけかかるお金も増えるだろうけど、それを差し引いてもお釣りは十分だ。

でも、と、おれは戻って考える。

下校途中、薄闇《うすやみ》の中で手を振りながら自分自身が離れていくのを眺めるのは、いったいどういう気分なのだろうか。友達でさえ二度と会えないような気になって、胸がきゅっと締めつけられる。声を掛けて引き留めて、もう少しだけ話していたい。そんな気持ちになってしまう。

ましてやNの場合は、自分と毎日別れているのだ。想像するだけで不安になる。それとも同じ自分なのだから、どうってことはないのだろうか……。

黄色いヘッドライトと赤いテールランプに満たされた世界。そこにNのシルエットがいくつも浮かぶのを想像して、おれはしんみりした気持ちになっていた。

「……今度からは、おれも彼らに手を振ってもいいかな？」

Nは不思議そうな顔をして、曖昧《あいまい》に首を縦に振る。やがて話題は別のことへと移っていった。


ある朝、Nが冴《さ》えない顔をしていたので声を掛けた。

「どうかした？」

一限目は体育の授業だ。

体育のとき、Nは一番楽しそうな顔をする。その理由が、いまのおれには分かっている。Nの中のスポーツ層が疼《うず》くのだろう。でも、ときどきNは、その体育を休んで見学することがある。一限目のときに限って多く、ずっと不可解に思っていた。

そしてまさに、いまNの様子が妙なのだった。

「それが、困ったことになってさ……」

教室の窓から、Nは校門のほうにちらちら目をやっている。

「体操着でも忘れた？」

「いや、それくらいの忘れ物ならいいんだけど……」

落ち着かない様子でNはつづける。

「今日の朝、合流地点に層のひとりがこなくって。そいつがいないと、体育の授業はお手上げ状態。すっかり運動音痴になるんだよ」

「まさか、スポーツ層のやつが……?」

察したおれに、Nは頷く。

「そうなんだ。一限目のときだけは頼むからって散々言ってるんだけどさ。絶対、寝坊するなって」

数学アレルギー

高一の春が終わるころ、花粉アレルギーと入れ替わるようにして発症する病《やまい》が存在する。数学アレルギーである。

二次関数の習いはじめくらいのこと。数学の教科書を眺めるだけで、くしゃみが出たり、鼻水が垂れたりしだすのだ。人によっては目が赤く腫《は》れ、ひどい場合は蕁麻疹《じんましん》が出ることもある。まともに勉強できるはずもなく、このアレルギーに悩まされる生徒はじつに多い。

頭を抱えるのは生徒側だけの話ではない。教師も同じように苦しんでいて、ここE高で数学を教えるM先生も毎年悩まされる問題だ。

M先生は、若手ながらすでに名教師の呼び声も高く、数々の生徒を名門大学に合格させてきた。その実績に注目して、数学の学力低下を嘆くE高が白羽の矢を立てたのだった。

M先生の数学への情熱は半端《はんぱ》ではなかった。

教科書や学校指定の問題集を活用するのは当然ながら、それにとどまらず自分でオリジナルの問題集までつくってしまう。そのプリントは「Mプリ」と呼ばれ、週末になると配布される。

なぜそこまでして生徒に熱く数学を説くのか。根底には、揺らがぬ信念があった。

「数学は美しい」

それがM先生の持論であり、口癖だった。

受験で成功してほしいのは、もちろんだ。だがそれ以上に、数学の美しさを少しでも多くの人に伝えたい。本当の数学とは、人生を豊かにするものだ。

そういう思いで熱弁をふるい、自分の時間を削《けず》ってまでも良問作成に日々、心血を注いできたのである。

数学アレルギーという病は、そんなM先生にとって最も忌《い》むべきものだった。

生徒の努力不足による数学嫌いだったなら、いくらでも改善のしようがある。しかし、これは体質による病。症状に苦しみ数学が手につかない生徒たちを前にして、自分は何もしてあげられない。M先生は無力感に苛《さいな》まれ、ずっと心を痛めてきた。

もっとも、受験で数学を使わない文系の生徒はどこ吹く風だった。授業になっても、教科書を開くことさえしないのだ。よって、アレルギー症状も出ようがない。また、受験科目に含まれてはいるものの、最初から数学は捨てている生徒も同じだった。

まあ、そういう輩《やから》は放《ほう》っておいて構わない。可哀《かわい》そうなのは関係する生徒たちだ。

M先生は、これまで何とか見て見ぬふりで授業をしてきた。

生徒たちは症状を我慢してまで、自分についてきてくれているのだ。ここは心を鬼にして、教鞭《きょうべん》をとりつづけるのが本当の誠意というものではなかろうか。

しかし、E高に赴任してからは、その考えが少しずつ変わっていった。

数学の学力低下は、じつはE高に限った話ではなく、近年になって全国的に指摘されるようになっていた。その原因が、数学アレルギーに罹《かか》る生徒の増加である。

それもあって世間では、数学を煙たがる風潮が蔓延《まんえん》しつつあった。

どうして辛《つら》い思いまでして、こんなものを学ばなければならないのか。体質の問題なのに無理やり押しつけてくるなんて、虐待とどこがちがうんだ。どうせ社会に出てから役に立たないんだからさぁ。

このままでは、数学の美しさを広める以前に数学そのものが世の中から抹消《まっしょう》されてしまう。それに加えて症状に苦しむ生徒たちのことを考えれば、本来、放っておくべき問題ではなかった。

M先生は決意する。

数学アレルギーを何とかしなければ、数学に未来はない。誰《だれ》かに解決してもらおうという気持ちではダメだ。自分がこの手で、厄介《やっかい》な病に打ち勝つのだ。

M先生は、地元の大学の数学科に共同研究を持ちかけた。それと同時に医学部にも働きかけて、数学アレルギー発症のメカニズムの解明に着手した。

放課後や休みの日に、足しげく大学に通う日々がはじまった。

E高での仕事を最大限にこなしつつ、寝る間も惜しんで研究に没頭する。

文献調査をしようにも、世界でも先行事例は皆無である。そこでM先生の研究は手探りの中、実験主体で進められた。

たとえば、こうだ。

症状の度合や種類を正確に把握するための実験では、まず数学アレルギーに罹っている被験者を広く集めた。そして彼らに、数学の参考書「チャート式」を見せていった。

チャート式は難易度によって四つの種類に分かれていて、白、黄、青、赤という順番で難しくなっていく。被験者に易《やさ》しいほうから見せていって、症状が出たところで参考書の色と症状の出方を記録する。

その結果、数学アレルギーには個人差があることが示された。白いチャートを見るだけでダメな人。黄色では何ともないのに、青を開いた途端に反応が出る人。ただ、赤いチャートだけは例外なく全員が表紙を見ただけで悶絶《もんぜつ》した。症状の出方で一番多いのは鼻水、次いで多いのが目のかゆみだというのも確認できた。

しかし、単に症状を把握《はあく》するだけでは何も解決していない。

そこでM先生は、症状の軽かった被験者と重かった被験者を比較して、何がちがいをもたらすのかを探りはじめた。また、逆に数学が得意な被験者も集めてみて、身体《からだ》の中で何が起こっているのかを調査した。

この研究に、M先生は数年の歳月を費やした。

やがて、ひとつの結論を導きだすことに成功する。

数学アレルギーの罹患者《りかんしゃ》の体内では、数式や数字、図表などから刺激を受けて、アレルギー症状を引き起こす未知の物質が放出されていることが分かったのだった。

M先生はその物質を「マセマチン」と命名した。マセマチンは、数学が得意な人の体内では見られなかった。

諸悪の根源を発見し、M先生は思わずチームメンバーと抱き合った。そして研究チームは、マセマチンを抑える薬の開発に取り組みはじめた。

だが、解明すべき大きな謎《なぞ》はもうひとつあった。

人はなぜ、数学アレルギーに罹るのか。

その答えに迫るべく、M先生は数学大国インドへ旅立った。

インドの学校を訪れてみて、驚愕《きょうがく》した。数学の授業を受けている生徒たちを視察しても、誰もアレルギー症状が出ていないのだ。

M先生は、すぐにインドの生徒たちに協力を仰《あお》ぎ、身体の検査を行った。そして日本での実験結果と照らしあわせていくうちに、やがて、真《ま》っ暗闇《くらやみ》だった世界に一筋の光が見えてきた。

どうやら人には、数学に対する許容量《きょようりょう》というものがあるらしいと判明したのである。

「空の器に水滴を垂らしていくのを想像してみてください」

M先生は、後の講演で語っている。

器の大きさが、その人の数学に対する許容量を表している。数学に触れるたび、器の中へと水が一滴ずつ垂らされていくという具合だ。

するといつしか器は水で満たされて、ついには溢《あふ》れる。それこそまさにアレルギー発症の瞬間であり、それ以降、器の水は溢れつづけるわけである。

この器の大きさには人によってバラつきがあって、それがすなわち、数学許容量の個人差なのだ。

数学が得意な人間は、生まれつき器が大きくバケツほどもあると思えば分かり易い。いくら水が垂らされようとも、バケツは簡単には溢れない。数学大国インド出身の人の場合はなおさらで、みんなバケツどころかドラム缶ほどの器を持っているのである。

一方で、平均的な日本人、とりわけ近年の若者は、許容量がお猪口《ちょこ》ほどの大きさしかない。となると水が溢れだすのも早いわけで、数学アレルギーに罹る人間は多くなる。

そして一般的な日本人だと、生まれてから触れつづけてきた数学の量がお猪口から溢れるほどになるまでに、だいたい十五年ほどの年月がかかる。まさしく高校にあがって二次関数を習う時期と、ぴたりと一致するのである。

ここに至って、M先生は快哉《かいさい》を叫んだ。ついに、数学アレルギーのメカニズムを解明したのだ。

だが、と、彼は考えた。

個人差はあるにせよ、そもそも、どうして人間の身体には数学に対する許容量というものが存在しているのだろうか。教科は数学以外にもたくさんある。たとえば、国語アレルギーなどが存在していてもよさそうなのに。

「これは仮説の域を出ませんが」

自身の講演で、M先生は最後にいつもこう語る。

「おそらく遺伝子レベルで、まだ人間は数学に適応しきれていないのではないかと考えています」

言語に比べると、数学は誕生してから歴史が浅い。言語のほうはすっかり身体に馴染《なじ》んだが、数学は、いまだ順応の途上にあるのではないか。

いまの世のように数学を腫れもの扱いするのではなく、根気よく、しっかり寄り添いつづけねばならない。そうすれば、いずれ人類は数学に適応できるときがくるだろう。

数学許容量を後天的に増やすことは難しい。

けれど、遺伝子レベルで適応できた未来には、許容量などという概念さえもなくなって、自在に数学と戯《たわむ》れられるようになるだろう。いつになるかは分からないが、そんな日が早く来ることを願ってやまない。

「ですが先生、あんな辛い思いまでして、果たして人類が数学に適応していく必要性などあるのでしょうか。いっそ、きっぱり決別するのもひとつの手ではないでしょうか」

会場からの質問にも、M先生は冷静な顔を崩さない。

「もちろん、選択肢としてはあるでしょう」

ただし、数学の有用性は計り知れないものがある。現に表面からは見えないだけで、現代社会を支えているのは間違いなく数学だ。

数学というものが誕生してすぐのことならば、それから距離をとる道もありえたかもしれない。が、いまとなっては後戻りするよりも、いかに早く適応するかに尽力したほうが賢明だろう。

「たしかに、おっしゃる通りかもしれません。ですが、人はなぜ、はじめの時点で数学と生きる道を選んだのでしょう。単なる偶然なのでしょうか」

M先生は断言する。

「いえ、それには必然性があると考えます」

「必然性？」

「美しいからに、ほかなりません」

胸を張って主張する。

「数学は、じつに美しく尊いものなのです。だから人は、数学に惹《ひ》かれる。私はみなさんにも、その美しさに気づいていただきたいのです」

マセマチンを抑える薬は、異例のスピードで開発された。新薬開発の事実がどこからか漏《ろう》洩《えい》してしまってからは、薬を求める声が殺到して、さらに開発は加速した。

M先生は休職届まで出して、研究室に通い詰めた。

その努力の結晶が「アレグラμ《ミュー》」という薬である。

アレルギー反応を抑える薬「アレグラ」。その成分を改良して、M先生はついに新薬をつくりあげたのだ。

すぐさま記者会見が開かれて、薬は爆発的に広まった。

数学アレルギーを患っている人たちの症状は、劇的に改善した。

数式を見ようが何ともない。図形が目に飛びこもうが動じない。問題文もすっと頭に入ってくる。

ただし、数学アレルギーを克服することと、根本的に数学を解けるようになることは、まったく別の話である。あくまで新薬は症状を抑えるためのものなのだ。

だから調子に乗って、今度は数学の問題がラクに解けるようになるための薬を求める者が現れたが、M先生は冷たく言った。

「勉強するのが一番の薬です」

こうしてアレグラμは高校生の必須アイテムとなり、高校生に限らず趣味で数学をはじめる人も続出した。もともとアレルギーに悩まされていただけで、数学に興味のある人はたくさんいたのだ。

ただ一部には、体質的に薬があまり効かない人も存在した。そういう人には、薬と並行して開発されていた特殊ゴーグルとマスクが与えられた。アレルギーにはヨーグルトが良いらしいことも分かっていたため、同じように推奨《すいしょう》された。

また中には、新薬の登場に苦言を呈《てい》する人たちもいた。もともと数学が得意だった者たちだ。

彼らは特に受験のライバルたちがこぞってアレグラμを飲むのを見て、ドーピングだと抗議した。しかし、言うまでもなく大多数の意見に押されて流されていった。


ところで、世の中にはM先生のような「数学者」という人種がいる。

数学者になるような人物は、単なる数学好きとはものがちがう。生まれつきの数学許容量が、ずば抜けて高いのだ。

が、彼らが生涯、数学アレルギーと無縁かと言うと、じつはそんなことは皆目《かいもく》ない。数学に触れつづけていれば、どんな器もいつかは溢れるときがくるからだ。

職業病と言うべきか、数学者は年をとると、ほとんど必ず数学アレルギーになってしまう。そしてもともとの許容量が大きいことの反動だろう、アレルギーが発症したときの症状は一般の人よりすこぶるひどい。こればかりは、アレグラμも効き目がまったくないほどだ。

数学者の多くは若いときに成果を挙げる傾向があるとよく言われるが、それにはきちんとした理由がある。若いほうが、頭脳が働くからではない。年をとると発症したアレルギーに悩まされ、研究どころではなくなるのだ。

くだんのM先生も、無論、例外ではなかった。

見事に新薬を開発したのちに、M先生はE高へと凱旋《がいせん》した。

職場復帰してからも、彼は数学に触れつづけた。そしてついに、五十路《いそじ》近くで数学アレルギーに罹ってしまったのである。

でも、だからどうした。そんなことはM先生には関係ない。

使命感と責任感の強い先生だ。いまも毎日教壇に立ち、生徒に向きあいつづけている。

数学の美しさを布教すべく。

いくら真っ赤な目になって、激しいくしゃみを繰り返そうとも。

鼻の穴に、いちいちティッシュを詰め直さねばならなくとも。

埃《ほこり》の降る日

雪のようにふわりふわりと舞い降りてくる埃《ほこり》は、学校中のあらゆるものに積もってゆく。

教室の中の、机や椅子《いす》。廊下《ろうか》、靴箱《くつばこ》、ロッカー、消火器。

もとから埃をかぶっていたもの。掃除《そうじ》が行き届き輝いていたもの。そのどちらへも埃は区別なく降りつづき、境界線が消えてゆく。

校舎、校庭、体育館、部室。

屋内、屋外の境もなく、ゆったり埃は降りつづける。

そんな埃の降る日。

わたしは屋上への階段に座って、ぼんやりと宙を眺《なが》めている。

埃は窓からこぼれる日差しを浴びて、光まみれになっている。

スカートに落ちた埃に目を落とし、わたし自身も降りゆくそれに埋《う》もれてゆくのを自覚する。

学校中の埃が吐きだされる、この日。

箒《ほうき》やはたきを使わずとも、学校自身が自浄作用《じじょうさよう》を働かせるように、溜《た》まった埃が四方からふっふっと飛びだしてくる。それは空中で混ざり合い、重力を得て落ちてゆく。目に映るすべての色が褪《あ》せている。その光景を眺めていると、幾世《いくよ》もの時を経て、やがて忘れられた古代遺跡《いせき》でも見ているかのような懐古的《かいこてき》な気分になる。

時おり強い風が吹くと、廊下に積もった埃が舞いあがり、ホワイトアウトさながらになることもある。だからこの日ばかりは学校も休みになるのだけれど、来たがる生徒が続出するので仕方なく学校は開かれる。

生徒たちは、マスクとゴーグルを身につけて登校する。かくいうわたしもその一人で、この日をずっと待ちわびていた。

他校の生徒に言わせれば、灰色の汚れに向かって登校していくE高生たちの姿を見ると、じつに滑稽《こっけい》だと思うらしい。が、それは何も分かってない人の言葉だと言い切れる。

そもそも埃は、汚れなどではないのだから。

それは陽の要素を引きだすための、陰《いん》の要素。学校生活を営む上で、なくてはならないものなのだ。

けれど、E高生は反論しない。心の中で、ひっそり思っていればいいだけの話だ。

ふと、わたしは耳を澄《す》ましてみる。どこからか男子たちの騒《さわ》ぐ声が聞こえてきて、本当に子供みたいだなぁと呆《あき》れてしまう。

男子たちは登校するや否《いな》や、我先にと外に出ていってはしゃぎはじめる。地面に積もった埃を手で握り、ボールをたくさん拵《こしら》える。そして、それを投げてぶつけあい、雪合戦の真似《まね》事《ごと》をする。埃のボールは風船でドッジボールをするように、空気に負けてふにゃりと曲がる。それがおもしろいのだと、彼も言っていたなと思いだす。

埃は徐々に、人の気配を消してゆく。

足跡は、歩いたそばから失われる。話している相手の声も、埃に阻《はば》まれ遠くなる。

ときどき、ゴーグルを手で拭《ふ》きながら、ぼんやりと思う。

去年のこの日は幸せだったなぁ、なんて。

屋上への階段は、カップルの温床になっている。昼休み、放課後。ちょっとした時間を見つけては男女たちが集まってきて、肩を寄せあい密談を交わす。

わたしもこの階段で、彼と二人でお弁当を食べたものだった。彼の部活が休みのときは、放課後になると日が暮れるまで、他愛もない話を延々としていた。

内容なんて覚えてない。ただ楽しかったなぁという感情だけが残っている。具体的な思い出よりも、案外そういうもののほうが後々胸に刺さったりするのだと、いまになって思わされる。輪郭《りんかく》のぼやけたものほど、忘れ切るのが難しい。

わたしは後ろを振り返る。それから階下に目を落とす。

何組かのカップルたちが、あいだを空けて座っている。

誰《だれ》もが自分たちの世界に入りこみ、端《はな》から周囲のことなど気にしていない。けれど、間もなく世界は本当に二人だけのものになる。降りゆく埃は周囲の気配を消していき、誰にも邪魔されることのない、二人だけの空間をつくりだす。

そして、やがては相手の気配さえも消えてゆく。

ただひとつ最後まで残されるのは、つないだ手の温《ぬく》もりだ。二人はそれを頼りにお互いの存在をたしかめあう。放せば途端《とたん》に消えてしまう儚《はかな》い温もりの中に、永遠の幸せを見出《みいだ》すのだ。

埃は弱まることなく降りつづける。

去年は自分も、彼と二人で宙に舞う光の粒《つぶ》を眺めていたなぁと他人事《ひとごと》のように思う。先のことなんて、まったく考えることもなく。自分たちのこの手だけは、ずっと離れることなどないのだと思いこんで。

付き合うことになってから、彼との距離は、あっと言う間に縮んでいった。それまで一度も人生が交わったことはなかったのに、昔から知っている幼馴染《おさななじみ》みたいに溶けあっていった。

でも、だからこそ、ぶつかるようになるまでも早かった。

ちょっとした嫉妬《しっと》がきっかけだったり、言葉の綾《あや》がきっかけだったり。

もういいと、言っては謝《あやま》り、言われては謝られ、一回一回がひどくなって、回数も少しずつ多くなって。

いまなら、分かる。あのときのわたしたちは、噛《か》みあっていない歯車を、力まかせに噛みあわせようとしていただけだったんだなぁって。小さなズレはちょっとずつ大きくなっていって、ぎすぎすしたまま回すうちに、部品はぽきんと折れてしまった。

それでも最初のうちは、見て見ぬふりをしつづけた。だけど気づくと、部品全部が壊《こわ》れていて。元に戻そうとがんばってみても、間に合わせの接着剤じゃあ、継《つ》ぎはぎだらけで。

先に別れを切りだしたのは彼だった。

そのころになると、薄々お互い分かっていた。もう長くはつづかないということを。

でも、言われたときは、やっぱりひどく落ちこんだ。

振られてから、わたしは自暴自棄《じぼうじき》になった。勉強も全然手につかないし、友達と遊ぶ気にもならないし。甘いものを食べてごまかして、ずいぶん太って。無理にダイエットして親に心配されたりしながら、結局リバウンドで余計に太って。成績が落ちたのも自分のせい。友達との距離が遠くなったのも自分のせい。

何やってんだろうなぁと、頭では嫌《いや》というほど分かっていた。

分かってはいたけれど、感情は置いてけぼりだった。空虚な心を抱《かか》えたまま、わたしは彼との思い出を無理やり心の奥底に仕舞いこんで、開かずの扉《とびら》にしてしまった。

埃の降る日。この日を、どれだけ待ち望んだか分からない。

今日、埃を出すのは学校だけじゃない。

生徒たちが、自分の中の埃を出す日でもある。

内に積もった負の感情を、きれいにするため。いつの間にか埋もれてしまった思い出を、もう一度よみがえらせるため。

埃というものは時間の流れを止めて、あらゆるものをセピア色の世界に押しやる力を持っている。けれど同時に熟成させて、拭《ぬぐ》ったときに新たな息吹《いぶき》を与えてくれうるものでもある。

積もり拭われるその過程を経たうえで、また新しい時間が流れだすのだ。

だから人は、埃に惹《ひ》きつけられる。単なる汚れで片づけてしまえない何かを感じる。

すりガラスの窓を開けたときに散る埃の粒を、いつまでも眺めていたい気持ち。

光芒《こうぼう》の中で煌《きら》めく埃の結晶を、フィルムに焼きつけたくなる衝動。

本来なら、この「時の洗練」は年月をかけてじっくり行われるものだ。

でも、こうして降りつづく埃は、たった一日で同じことをしてみせる。

わたしは思う。

いまごろ、男子たちは校庭に埃のダルマをつくって喜んでるんだろうなぁ。はしゃぐ輪の中には、彼の姿があるかもしれない。自分とは無縁になった人。いつか、ほかの誰かと結ばれるであろう人――。

わたしはカーディガンの袖《そで》で、くすんだゴーグルを拭う。

降り注ぐ日差しは、いつしか赤みを帯びはじめている。もうすぐ下校の時間だ。先生が急《せ》かしにくる前に、帰り支度をはじめないと。

わたしは立ちあがろうとする。

そのときだった。

不意に、身体《からだ》から何かが抜け落ちていくような感覚に襲《おそ》われた。

でも、わたしは気にせず立ちあがる。

いや、立ちあがったはずだった。

それなのに、相変わらず自分は座ったままでいる。屋上へとつづく階段に。さっきまでと同じように。

そしていま、わたしは目の前に立つ自分自身の後姿を見つめるという不思議な光景に直面している。

一拍置《いっぱく》いて、なるほど、と思う。

視線を落とせば、わたしの全身は、すっかり灰色になっている。

そうか、わたしは吐きだされるほうの役目を担《にな》うことになったのか。

そうひとりで納得《なっとく》すると、また前に目を向ける。

埃を出し切ったきれいなわたしが、くるりと顔をこちらに向けて手を振ってくる。

今日という日は、脱皮する日なのだと言う人がいる。過去を吐いて、また次の未来へと進む、その境になる日なのだと。

そうなればいいなと思いながら、わたしは去ってゆくわたしを見守っている。そして明日の自分の幸せを願う。

あなたが過去に縛られるのは、今日で終わり。あとは全部、わたしが引き受けたから。

踊り場を回って、わたしの姿は見えなくなる。

階段に残されたわたしは、明日になれば片づけられる単なる埃の塊《かたまり》だ。

けれど汚れなどでは決してない、と信じている。

陰と陽の、あくまで片方。学校生活を営む中で、なくてはならない存在。

明日になると、学校のあちらこちらに誰のものとも知れない人の形をした埃たちが転がるだろう。それを袋に詰《つ》めて焼却するのが、埃の降る日の翌日の、E高の恒例《こうれい》行事なのだ。

わたしみたいに大きく太った塊なんて、掃除するのが大変だろうなぁと思う。それを考えると掃除係の人が気の毒だ。

でも、いまの自分はあんまり深く考えすぎず、ただ明日を待てばいいだけなのだろうなぁ、とも思う。沈みゆく陽《ひ》を浴びて煌めいたり、月の光に照らされてひっそりと輝いたりする埃たちを、心ゆくまで眺めるのが役割なのではないだろうか。

それに、まあ、考えてみるとわたしを運ぶのなんて、そんなに大変じゃなさそうだし。

そう思うと、少し気がラクになる。

だって、いくら大きな塊といったところで、埃は埃、なのだから。

燃える男

うちのクラスには燃える男がいる。Tという名前で、感情が高まってくると、だんだん身体《からだ》から火が噴《ふ》きだしてきて燃えるのだ。

「よし、やるぞ！」

たとえば、テスト範囲が発表された日。隣の席で、Tは意気ごみ燃えはじめる。

「今度は全教科で平均点越えだ！」

「ちょっと、熱いって！」

ぼくは席を立って距離をとる。

Tの身体はメラメラと輝いて、周囲は赤く照らされる。その様子は、まるで不死鳥だ。だからTには不死鳥の血が流れているのだというのが、E高生みんなの認識だった。

「ごめんごめん」

謝るTの身体からは、鎮火《ちんか》されるように火がしおしおと引いていく。

ぼくは落ち着き、汗を拭《ぬぐ》う。

そんなやり取りが、毎日のようにつづいているのだ。

Tはすぐに発火するので、それに合わせて教室の中のいろんなものが特注品になっている。机や椅子《いす》、カーテンなんかは燃えにくい素材でできていて、仮にTの火が飛び移っても大事に至ることはない。万一に備えて、消火器も隣に置かれている。

クラスのみんなは夏でも冬場みたいな恰好《かっこう》をしているけれど、これにもちゃんと理由がある。学生服は耐熱・防炎性になっていて、Tの火から身体を守ってくれるのだ。もちろん、夏場の長袖《ながそで》長ズボンは応《こた》えるものがあるけれど、直火に晒《さら》されるよりはマシというわけ。砂漠の強烈な日差しと闘う中東の人たちと似ているなぁと、ぼくはひそかに思っている。

Tは、ときどき申し訳なさそうに言う。

「ごめんな、おれのせいで。みんな熱いよな……」

ただ、次の瞬間にはカラッと晴れた顔をしている。

「でもまあ、心頭滅却《しんとうめっきゃく》すれば何とやらだし、どんまい！」

「おまえが言うなよ」

呆《あき》れながらも許してしまうのは、ひとえにTの人柄《ひとがら》にあるのだろうな、と思う。

Tは古いタイプで情に厚く、恩を受けると必ず返す。誰《だれ》かが涙を流していると、一緒になって泣いたりもする。だから、何かと周囲を騒《さわ》がせてばかりいるけれど、誰も彼のことを突き放したりはしないのだ。それどころか、Tを心の支えにしている節もあるほどだった。

Tは常に前向きで、困難にくじけそうになってもすぐ立ち直る。瞳《ひとみ》をメラメラ燃え立たせ。何度でもよみがえる不死鳥のごとく。その姿が周囲に元気を与えるのだ。

ぼくもTから元気をもらっている一人で、休み時間はもちろんのこと、土日になると彼の自宅へと遊びに行く。そして活力を得るのである。いまでは親友とも呼べる仲で、教室でも、Tの隣で彼の火の番を任されるようにまでなった。

Tが一番燃えるのは、体育の時間だった。普段は自分の感情をある程度セーブしている彼も、体育のときだけは全開になる。

たとえば、サッカー。試合になると、Tは途端に燃えはじめる。

炎に包まれた彼のほうには誰も近づくことができず、ボールを持てば独走状態。それでも果敢《かかん》に挑《いど》んでいく相手たちを、Tは持ち前の運動神経ですいすい抜いてゴールを決める。

「フェアじゃない！」

最初のほうはそういう声もあがったけれど、広い運動場で炎を纏《まと》ってプレーする彼の姿は生徒たちを魅了《みりょう》して、批判はすぐになくなった。それに、たとえ火がなかろうとTの実力は抜きんでていたのだから、みんなはTに羨望《せんぼう》の眼差《まなざ》しを注ぐようになり、いかに彼を自チームに引き入れるかで競いあった。

Tは野球も大の得意で、いつも四番でピッチャーを務めた。

Tの投げる球は、凄《すさ》まじかった。火を噴くような豪速球。いや、Tの場合はキャッチャーミットを本当に焦《こ》がす、正真正銘の火の球ストレートなのだ。打てるやつなど皆無だった。にもかかわらず、打席に立ちたがるやつは後を絶たなかった。あの球を打ちたい。初めてTを打ち負かすのは、ほかでもない自分なんだ。そんな男のロマンを駆り立てるものが、Tの球にはあったのだ。

Tはバッターとしても素晴らしく、鋭い当たりを飛ばしては気持ちの良い金属音を響かせた。ただ、Tが使ったあとの金属バットは熱くて持てなかったので、次のバッターはホースで水をかけ、じゅわっと冷ますのが常だった。

バレーでもテニスでもバスケでも、Tは同じように活躍し、その活躍に男たちは胸躍らせた。

そんなやつが各部から放《ほう》っておかれるはずがない。

日々、いろんな先輩が教室にまで押しかけてきてはTを誘った。

けれど、彼は断固として拒《こば》みつづけた。本人曰《いわ》く、本気になるとケガ人が出る。ぼくは、体育ではまだ余力を残していたのかと驚くとともに、たしかにあれ以上燃えると危なそうだなぁと想像した。もちろん相手チームの選手のことも心配だけど、耐熱・防炎仕様でない他校が試合会場になった場合、どうなるか。それを考えると、体質ゆえに人との交流が制限されるTの孤独を勝手に感じ、なんだか切ない気持ちになった。

そんなTの様子がおかしくなったのは、ある日のことだった。

その日、隣のクラスに転校生がやってきた。

噂《うわさ》は瞬《また》く間に広がった。

Sさんというその女子は、ぞっとするほどの美貌《びぼう》の持ち主らしかった。

「どれだけの美女か、拝みに行こうぜ」

言いだしたのは、Tだった。ぼくはあまり興味が湧《わ》かなかったけど、周りの男子たちにも誘われて、休み時間に一緒に隣のクラスを覗《のぞ》きに行った。

そのときに、どうもTはノックアウトされたらしい。Sさんを一目で好きになったのだ。

それが判明したのは一週間ほどがたってからのことだった。

ぼくは、相談があると放課後Tに呼びだされた。何の話かと思っていると、Tは口を結び、真っ赤な顔でメラメラと燃えていた。いつも以上に燃えてるなぁと思いながら、なんだか炎の感じが少しちがうことに気がついた。

ぼくは、すぐにピンときた。これは恋の炎だな、と。

「おれはSさんに告白する！」

思っていたそばから、Tはいきなり宣言した。そしてこちらに身を乗りだした。

「Sさんこそが運命の人だ！」

ぼくはすかさず距離をとる。

「ちょっと落ち着けって。こっちは熱いんだからさぁ……」

持っていた小型の消火スプレーをTにかけたが、火は弱まってくれなかった。

「落ち着けるわけがない、これは本気の恋なんだ！」

やれやれと、ぼくは呆れた。

「本気って、これで何度目だよ……」

Tは恋にも燃えやすい体質で、つまるところが惚《ほ》れっぽいやつだった。だから、これまで何度も、ぼくは同じような相談をされてきていた。そしてそのたびに、大変な思いをしてきたのだった。

スポーツは向かうところ敵なしのTなのに、恋だけはうまくいかなかった。男からは憧《あこが》れられても女子たちからすると熱すぎるらしく、付き合う対象にはならないのだという。

それでも果敢に告白を繰り返すTは、その分だけ振られつづけてきたわけだ。

「いや、今度こそ大丈夫だから」

Tは胸を張って主張する。

「その自信がうらやましいよ」

だけど、と、ぼく。

「今回ばかりは、やめといたほうがいいんじゃないかなぁ……」

「ネガティブな発言は控《ひか》えてくれ。もう決めたことなんだから」

Tはまったく聞く耳を持たない。これじゃあ相談ではなく、ただの決意表明だ。

「Sさんとなら、絶対うまくいくと思うんだ」

Tは分かったような口で言う。

でも、そのSさんが問題なんだよなぁと、ぼくは心の中で呟《つぶや》いた。

Sさんは、涼しい顔で何でもこなす秀才だった。凛《りん》とした美貌にふさわしく、性格も極めてクールらしい。切れ長の目の中で佇《たたず》む瞳は氷のように冷めていて、世俗には興味がないと語っている。

そして一番肝心《かんじん》なのが、Sさんも、Tに劣らず相当変わった人だというところだった。

転校初日でついた呼び名が、冷めた女。

燃えるTとは対照的に、Sさんの周りは何かにつけて、すぐに冷えて寒くなってしまうのだ。

「それが何か？」

Sさんは、いつも冷ややかに言い放つ。そしてその瞬間、周りの温度がぐっと下がり、凍《こご》えるような寒さになる。だから隣のクラスは、ダウンを着て授業を受けることを余儀なくされた。彼女の祖先は雪女にちがいないと噂が立ったが、それも頷《うなず》ける話だった。

Sさんの通ったあとには氷が張るということも、すぐにみんなに知れ渡った。うっかり後ろを歩くと滑《すべ》るので、移動教室のときは注意しなければならなかった。

そんな冷めたSさんに、燃えるTは恋をしたのだ。

「おれは、Sさんと結ばれるために生まれてきたんだ」

Tは勢いこんで言う。

「こんなに相性が合う人は、ほかにいない！」

「個人的には逆だと思うけどなぁ……」

熱いものと冷たいもの。普通は相殺するだけじゃないかと、ぼくは思った。まさしく、犬《けん》猿《えん》の仲ここにありだ。

「そうじゃないんだ」

力説はつづく。

「要は、中和なんだよ」

「中和？」

「酸性とアルカリ性のものを混ぜると、ちょうどいい塩梅《あんばい》になるじゃないか。おれたちも、あれと同じになるにちがいない」

Ｔは自信を持って言い放つ。

「二人合わせて、ｐＨ７だ！」

だけど、と、ぼく。

「プラスとマイナスでゼロってこともあるじゃないか」

接触した瞬間に、二人は消滅するんじゃないか。そんな不安も頭をよぎる。

が、Ｔはあくまでポジティブだった。

「そのときは、そのときだ。ゼロはすべてのはじまりとも言うしな！」

「まあ、そりゃそうだけど……」

ぼくは説得するのを諦《あきら》めた。どうせ聞き入れてもらえやしないのだから、言うだけ無駄。事態を静観するしかない。また面倒なことにならなければいいけれど、と溜息《ためいき》をついた。

その日から、Ｔの猛《もう》アタックがはじまった。放課後になるとＳさんを廊下で待ち伏せて、話しかけようと近づいていく。

けれど、Sさんは T をまったく寄せつけなかった。

「あんたね？　燃える男ってのは。こっちにこないで。溶けるから」

冷たい口調で、Sさんは言う。

「あの、少しだけ話したいんだけど……」

「悪いけど、ヒマじゃないの」

「あの……」

「じゃあね」

取りつく島もない有様だ。

TもTで、自分で宣言したわりには、いざSさんを前にするといつもの勢いが鈍《にぶ》るのだった。

「あの、Sさん……」

「またあんたなの？　勘弁してよ」

「えっと、その……」

しどろもどろになっているうちに、Sさんはすたすたと去ってしまう。

Tは燃える男であると同時に、じつは稀《まれ》に見るシャイボーイなのだった。

ぼくと二人になったときだけ、また威勢のいいことを口にする。

「神はおれに、試練を与えたもうた」

「はじまったよ……」

呆れるぼくには構わずに、Tはつづける。

「いま、おれは試されてるんだ。この気持ちが本物かどうかを」

「どうだか」

「止めるなよ？　おれは本気なんだから！」

Tは勝手に燃えあがり、あたりは熱気に包まれる。Tは太陽の表面みたいに火を噴いて、ぼくはそれに当たらないよう場所を変える。

「さあ、今日こそ気持ちを伝えるぞ！」

Tは力強い足取りで出ていった。けれど、Sさんに近づくにつれて次第に勢いは弱まって、声を掛けるころには小さく縮こまっている。

「Sさん……」

緊張が極度に達し、聞こえるか聞こえないかの声で呟く。

熱気で気配を察したか、Sさんは振り向く。

「ほんと、しつこい」

軽蔑《けいべつ》の眼差しに射抜かれて、Tは凍ったように動けなくなる。

熱気と冷気がぶつかって、廊下に強い風が吹く。

しばらくしてSさんは、ふん、と見下すように言い、Tを置いて去っていった。

なす術《すべ》なく立ち尽くすTに、ぼくは近寄る。

「なんで気持ちが伝わらないんだ……」

さすがのTも少しへこんで、弱気にこぼす。

が、次の瞬間にはもう立ち直っているのだから、すごいメンタルだなぁと思う。

「いやいや、そうじゃない」

Tは、自分に言い聞かせる。

「伝え方が悪いだけだ。もっと頭を使わないと！」

立ち直るばかりか、よりいっそう燃えはじめる始末だった。

そんなことが何度もつづき、日に日にTの火力は増していった。ぼくは、これまでのことを思いだして嫌な予感を覚えつつも、適当に相槌《あいづち》を打ってやり過ごした。彼女は諦めたほうがいい。いくらそう助言しても、Tの耳には届かない。ならば熱が収まるか突き抜けるかを、ぼくはひたすら待つしかないのだ。

そして、事態は悪いほうへと進んでしまった。

数週間が過ぎた、その日。Tは、いつにも増して燃えていた。

「もうちょっと離れてくれって」

そのころになると、Tは四六時中、大きな火を噴いていた。クーラーもまったく歯が立たず、教室は日がな一日、サウナ状態。耐熱・防炎服を着ていても一緒にいると火傷《やけど》しそうなほど熱く、距離をとって歩かなければならなかった。

「おいってば！」

Tは俯《うつむ》き加減で、ぶつぶつ呟く。

今日こそは。なんとしても。おれならできる。絶対に。

ぼくのことは無視をして、燃える拳《こぶし》を握りしめ、Tは決意を固めている。

「あっ！」

そのときTは、廊下の奥にSさんの姿を見出《みいだ》した。

「よし！　見てろよ！」

誰に言うともなく言って、つかつかとそちらに近づいていく。

Tの身体はどんどん燃える。炎は天井まで届き、焦げ目がつく。

ああ、もう手遅れだ。

ぼくは直感的に、そう思った。

こうなったら、いつもと同じことになる。

そう覚悟した刹那《せつな》だった。

ごうっと大きな音が響き、廊下は真っ赤に染めあげられた。と同時にTは真っ赤な渦《うず》に包まれて、一本の火柱と化してしまった。

居合わせた人たちは、うわあ、と大声をあげている。

その声を聞いて、Sさんも振り返る。が、つまらなそうな顔をして、すぐにさっさと歩き去る。

残されたTは、ごうごう燃えた。炎は留《とど》まるところを知らないで、あたりを灼熱《しゃくねつ》の世界に変えてしまう。

誰も近寄れないでいると、火柱の中のTの黒いシルエットはぼろぼろと崩《くず》れ落ちはじめた。

ぼくはそれを黙って見つめるしかない。

Tの姿が崩れ去ってからもなお、しばらくのあいだ火は燻《くすぶ》りつづけていた。

やがて自然に鎮火すると、ぼくは焼け跡に呆れながら近づいた。

「またやった……」

Tは恋をするたび、結局いつもこうなってしまうのだ。同じ光景を何度も見せられてきたぼくは、もうすっかり慣れっこだった。

焼け跡には、灰がたくさん積もっている。その中心では、赤ちゃんが泣き声をあげている。

「ほーれ、よしよし、大丈夫でちゅよぉ」

ぼくは優しく抱きあげて、宥《なだ》めてあげる。

Tは熱が行き過ぎると、こうして激しく燃えあがる。そして炎の中で燃え尽きて、また生まれたときの姿に戻るのだ。不死鳥の血が流れているという話は、きっと真実なのだろう。

「さて、と……」

明日からの苦労を考えて、ぼくはすっかり途方《とほう》に暮れる。

まったく、ほんとに世話が焼けるやつだ。

元の姿に戻るまで、またクラスのみんなで協力しあってTを育ててあげないと。

青《あお》葉《ば》酒《しゅ》

酒を口にしていると、ふと懐かしい気持ちになることがある。ずっと忘れていた思い出が不意によみがえってきたり、過ぎ去った時間を感じて切なさが押し寄せてきたり――。

おれは居酒屋を出ると、夜風を受けて現実世界へと引き戻された。

酔いで忘れかけていたことが頭をちらつく。理不尽な上司の心ない一言。いずれ笑えるときが来るんだろうなぁと思いながらも、いまのおれは時間が解決してくれるのを待つしかない。

もやもやした思いを抱えながら、夜の街を歩いていた。

もう一軒くらい寄ってから帰るか……。

そう思って店を探していたときだった。路地を少し入ったところに、気になる看板を掲げた店を見つけた。

「Ｂａｒ 青葉風……」

その字面から、おれはなんだか涼やかなものを身体《からだ》に感じた。

青葉風。青々と茂った初夏の葉を吹き抜けていく風。

まさしく、いまの自分に吹きこんできてほしいものだと思いながら、おれはその店に足を踏み入れることにした。

扉を開くと、途端に爽《さわ》やかな風が鼻腔《びこう》を通り抜けていった。ふっと甘酸っぱい気持ちになって、あたりを見回す。

「いらっしゃいませ。こちらのお席に」

脚長のグラスを拭《ふ》きながら、バーテンダーはにこやかに言った。

促され、おれは飴色《あめいろ》のカウンターの一席に腰かけた。

「お決まりになりましたら、お声がけください」

バーテンダーからメニューを受け取る。

店に入った瞬間から、おれはなぜだか懐かしい気持ちに包まれていた。それは、久しく忘れていた瑞々《みずみず》しい感覚でもあった。吹き抜ける風を胸いっぱいに吸いこんで、漠然《ばくぜん》とした未来への希望を感じていたころの記憶。そんなものが湧《わ》きあがってくる思いにとらわれたのだった。

「すみません、この、青葉なんとか、というのは何ですか？」

おれはビールやハイボール、カクテルなどの名前の中に、変わったものを見つけて尋《たず》ねた。

「青葉酒ですね」

「あおばしゅ？」

「ええ、うちのバーでお出ししている特別なお酒です」

「へぇ、特別な……」

その響きに、思わず好奇心をくすぐられた。

「じゃあ、このお酒でお願いします」

「かしこまりました」

離れていったバーテンダーの背中を見送ると、おれはほかの客に目をやった。

カウンターだけの店内には、まばらに人が入っている。その誰《だれ》もが目を閉じて、自分の世界に入りこんでいるようだ。酒の味を楽しんでいるのか、酔い心地に浸《ひた》っているのか、はたまた何かに思いを馳《は》せているのか……。

「お待たせしました、青葉酒です」

差しだされたグラスを見て、おれは声をあげそうになった。

目の覚めるような、鮮やかなブルーグリーン。

まさしく生命力に満ち満ちた青葉のような色合いに、感嘆の息をもらした。

グラスを持って口元に運ぶ。唇が触れ、グラスを徐々に傾ける。

液体が口に入ってきたかと思った瞬間だった。

身体の中を、爽やかな一陣の風がさぁっと吹き抜けていった。

「これは……」

戸惑うおれに、バーテンダーは楽しげに言った。

「いかがでしょう、青葉酒のお味のほどは」

おれはもう一口、慎重にそれを口に含んだ。

やはり心地よい風にさらされたような気分になって、呆然《ぼうぜん》とするばかりだった。

「青葉酒は、その名の通り青葉からつくるお酒でしてね」

バーテンダーは口を開いた。

「初夏に茂る青葉を実際に摘《つ》んできて、それをアルコールに漬けてつくったものなんです。昔、店を出すにあたっていろんな場所の青葉で試作品をつくってみたんですが、最後にこれだと辿《たど》りついたのが、ある場所で採れる青葉でした」

「ある場所……?」

「高校です」

彼はつづける。

「青春の象徴である高校。その校庭に茂る青葉には、ほかの場所にはない特徴があることが分かったんです。あの濁《にご》りない無垢《むく》な高校生たちのエネルギーを存分に吸いこむからでしょう。そこで採れる青葉でつくったお酒は、柑橘類《かんきつるい》よりもフレッシュな独特の風味を持つものに仕上がるんです。

さらにその中でも、雨上がりの青葉からつくるお酒が極上でしてね。底抜けの青空に、いつにも増して輝く緑。吹き抜ける瑞々しい風。弾《はじ》けんばかりの高校生たちの活力。そんな青葉にまつわるすべてのものが凝縮されるのが、雨上がりのそれなんです。

私は毎年、高校に出入りしている庭師の方から質の良い青葉を仕入れています。そしてその青葉で漬けたお酒を、こうしてお出ししているというわけなんです」

なるほど、と、おれは驚きながらも感心した。

「世の中には、こんなものが存在していたんですねぇ……」

もう一口、酒を少し啜《すす》ってみる。

おれは舌鼓《したつづみ》を打ちながら、感じるままに身を委《ゆだ》ねる。

アルコールは飲むと身体が火照《ほて》ってきて、熱いものが全身を巡りはじめるものだ。けれどこの青葉酒は、それとはちがって心地よい涼しさが隅々《すみずみ》まで行き渡るような感覚になる。そして、何だってできてしまいそうな、若々しい衝動がふつふつと湧きあがってくるのだ。

「もう一杯、お願いします」

グラスを重ねるたびに、若返っていくような錯覚にも陥った。そして酔いが深まるにつれて、昔のことが鮮明に思いだされてきた。

母校のE高を卒業したのは、もう十年も前に遡《さかのぼ》る。

当時の自分は、日々膨大《ぼうだい》な宿題に追われながら、部活に遊びに恋愛に全力で打ちこんでいたなぁと思いだす。

高校に進学すると、いろんなカルチャーショックが待ち受けていた。

中学までとは比較にならないスピードで猛烈に進んでいく授業。部活の先輩《せんぱい》との上下関係。友達の高校デビュー。急に大人びていく女子たち。

早弁というのを初めて見たのも、高校に入ってからだった。二限目が終わるころには弁当をすっかり平らげてしまっている野球部のやつ。授業中にこっそりおにぎりを頬張《ほおば》って、先生に怒られていたバレー部の友達。

昼休みを告げるチャイムが鳴り響くと、号砲を聞いたような勢いで生徒たちが一斉に教室から飛びだしていく。購買部で一番人気の焼きそばパンを手に入れるためだ。焼きそばパンは一人三つまで買えるので、おれはよく友達に自分の分もと頼んでいた。

そんな競争があったから、ときどき授業が長引いたりすると、廊下を走っていく他のクラスの生徒たちを妬《ねた》ましい目でみんな見ていたものだった。遅れをとると、目当てのものは売り切れる。そんなときは購買部に押し寄せた大群衆の中を巧みに縫って、残り物から即決で良いものを選びとる技術が必要になる。ラグビー部のやつが得意だったなぁと、友達の顔が浮かんでくる。

恋愛沙汰《ざた》でも、いろいろあった。あいつがあいつを好きらしい。付き合ってるのは誰と誰だ。あのころは、そんな話題で持ち切りだった。男子たちは人気の女子といかに話すかで競いあって、ちょっとでも雑談できたりすると優越感に浸ったものだ。

ふと、当時の彼女の顔が頭をよぎった。一つ下の学年だった彼女とは、仲良くしつつもよく喧嘩《けんか》した。その原因のほとんどが嫉妬心《しっとしん》だったんだから、自分も若かったんだなぁと苦笑する。

でも、楽しいこともたくさんあった。屋上につづく階段での逢瀬《おうせ》。部活帰りの神社での他愛もない会話。一緒に行った地元の祭り。

おれはなんだか、固まってしまっていた絵具が水を得て、一斉に色を取り戻したかのような気持ちになっていた。十年も前の出来事が、ついさっきのことのように思えてくる。

あのころは、こんなにも生き生きとしていたんだなぁ。

いま自分は、十代の自分と重なっているのだ――。

はっと気がつくと、思い出に耽《ふけ》るあまり空のグラスを呷《あお》っていた。

途端に恥ずかしくなって、慌ててグラスをコースターの上に戻した。

「ははは、大丈夫ですよ。青葉酒をたくさん飲むと、みなさん同じようになりますから」

内心を見透かしたようにバーテンダーは笑い、囁《ささや》いた。

「ほら、ああやって」

言われておれは、ほかの客に目をやった。

さっきと同じく、みながみな、自分の世界にすっかり入りこんでいた。でも、それは酒に酔ってのことだけではなかったのだと理解した。いままさに、それぞれがそれぞれの青春時代にタイムスリップしているのだ。

「この青葉酒は、爽やかな気持ちになるだけではありません。時のフィルターで濾《こ》されるうちに色褪《いろあ》せてしまった高校時代の思い出に新鮮な風を送りこんで、もう一度、息吹《いぶき》を取り戻させることができるんですよ。

ただ、ときに忘れていた失敗談や恨みつらみなんかまでも鮮明に思いだしてしまうこともありましてね。だから、お客さまの中には恥ずかしさや怒りで顔を赤くされる方もいらっしゃいます。まあ、いずれにしてもお酒で赤くなっているので区別はつきにくいんですが」

バーテンダーは微笑《ほほえ》んだ。

おれも一緒になって笑ったあと、何度目かの台詞《せりふ》を口にした。

「すみません、もう一杯、お願いできますか？」

「もちろんです」

おれは再び遠い過去の世界に戻っていく。

同じテニス部だったやつらの顔が浮かんでくる。声を掛けると返事がかえってきそうなほど、リアルに、鮮明に。

「昔のことをよみがえらせてくれるお酒かぁ……」

ひと通り楽しんでから目を開けて、おれは改めて呟《つぶや》いた。

そして自分の内に、ある願望が湧きあがってきていることに気がついた。

「ねぇ、バーテンダーさん」

青葉酒を楽しむうちに、おれはこんなことを思いはじめていたのだった。

「なんだか、逆のお酒も飲んでみたくなってきましたよ」

「逆、と言いますと？」

「いえ、昔の思い出に浸るうちに、複雑な気持ちになってきまして……」

バーテンダーは、こちらが話しだすのを待ってくれる。

躊躇《ためら》いつつも、おれは言った。

「自分の話で恐縮ですが、近ごろずっと、苦手な上司からの理不尽な一言にすっかり打ちのめされていまして……きっと、いつかは笑い飛ばせる日がくるんでしょうけど、まだそんな心境には至っていません。だから、昔の思い出をいまのことのように思いだせるお酒があるのなら、いまのこのもやもやを、早く過去の思い出にしてくれるお酒があればいいなぁと思ったんですよ」

我ながら、ずいぶん都合のいい話をしているなと、口にしてから後悔した。そんな自分が急に恥ずかしくなってきて、目を伏せた。

「すみません、いまのは忘れてください」

そう言おうとしたときだった。

バーテンダーが何やらごそごそしはじめて、やがて目の前に、すっとグラスが差しだされた。

「こんなお酒は、いかがでしょう？」

注《つ》がれていたのは半透明の茶色い液体だった。

「これは……」

「落葉でつくった、落葉酒です」

言葉を失っているおれに向かって、彼はつづける。

「じつは、青葉酒を研究するうちに、ほかの葉っぱでお酒を漬けるとどうなるのか、試してみたんですよ。すると、落葉で漬けたお酒には、また別な作用があることが分かりましてね」

グラスからは、濃厚な香りが漂ってくる。

「これを飲むと時間感覚がずれてきて、いまという時の出来事も、一気に遠い過去——懐かしい青春時代のことのように思えてくるんです。おまけに嫌なことは美化されて、酒の肴《さかな》にうってつけの良い思い出に変わります。酔いが覚めても効果は持続しますしね」

「そんなお酒が……」

おれは身を乗りだした。

「生きていると嫌なことは数限りなくあるものです。それを軽くして差しあげるのも、うちのような店の役割ではないかと、私は思っています。思い出とうまく付き合うことのできる店。それが、うちのコンセプトなんです」

もはや唸《うな》ることしかできなかった。

バーテンダーは、酒を勧めながら言う。

「さあ、このお酒で、どうぞいまを過去に変えてしまってください」

グラスに手を伸ばそうとしたおれに、ただし、と彼はこう付け加えた。

「落葉酒の影響で、ときどき妙なことが起こるのだけはご了承くださいね」

「妙なこと……？」

「混線すると言いますか、いまが過去と混ざるので、あとで青葉酒を呷ったときに起こり得ることなんですが」

「いったい何が……」

おれは出しかけていた手を引っこめた。

バーテンダーはいたずらっぽく笑って言った。

「青葉酒で思いだした同級生の輪の中に、上司の方が制服姿で紛《まぎ》れていたり、ですとかね」

水丸^{みず}^{まる}

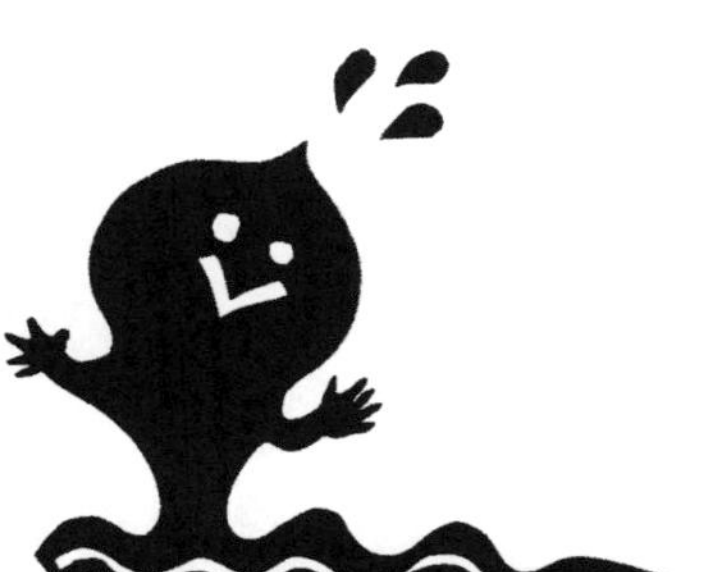

夏休みがはじまってすぐの、ある日のこと。

宿題の息抜きに石手《いしで》川《がわ》沿いを歩いていると、蟬時雨《せみしぐれ》にまじって、どこからかガラスのぶつかるきれいな音が聞こえてきた。

「ミズマルはいかがですかぁ、水の子供、ミズマルはいかがですかぁ」

その威勢のいい声に振り向くと、逞《たくま》しい身体《からだ》つきの男性二人がそこにいた。肩には青竹を担いでいて、そこから盥《たらい》がぶら下がっている。淡い水色の一升瓶がそれぞれ二つ、腰のあたりで揺れていた。

彼らは人通りの多い場所で足をとめて担いだものを地面に下ろすと、もう一度大きく声を張りあげた。

「水の子供はいかがですかぁ」

なんだなんだと引き寄せられる人の流れに乗って、ぼくも自然とそちらのほうへと寄っていった。

集まった人のあいだから顔を覗《のぞ》かせると、白い布が敷かれた盥の中に、水がとぷとぷ波打っているのが目に入った。

「コレ、なんですか？」

自分の番が回ってくると、ぼくは彼らの片方に尋ねてみた。

「水の子供です！」

元気のいい声が返ってきた。でも、ぼくが盥の中に目をやると、そこには水があるのみで、それ以外は何も入っていなかった。

「何もいないみたいですけど……」

遠慮がちに口にする。

すると彼は、

「ちゃんといますよ」

そう言って、にっこり微笑《ほほえ》んだ。

「ほら、こうして」

彼は盥の中に手を入れた。

と、次の瞬間、ぼくは目を見開いた。何もなかったはずの水の中から、彼は透明な何かを取りだしたのだった。

「これが水の子供です。丸いでしょう？　だから、水丸《みずまる》という名前をつけました」

その目はキラキラと輝いている。

彼はそれをそっと水の中に戻してやると、今度はぼくに、触ってみてはと促した。途端に好奇心が湧《わ》きあがり、改めて盥を覗いてみた。

が、いま目にしたものはおろか、塵《ちり》ひとつない透き通った水があるだけだ。

そっと手を入れてみた。ひんやりしていて気持ちがいい。

そう思った刹那《せつな》だった。柔らかいものに手が触れたのは。

ぼくは怖々《こわごわ》それを両手で包みこむと、取りだしてみた。目の前に、丸くて透明なものが現れる。それは、手の中で勝手にぷるぷる揺れた。信じられないことに、本当に生きて動いているのだった。驚いて彼のほうに目をやると、嬉《うれ》しそうに笑っている。

とても不思議な感触だった。単に手で持っている分には柔らかい水風船のようなのに、少し力を入れると指は表面から中へと入っていく。こんなものは見たことも聞いたこともなかった。

そのとき、ぼくは水丸の表面に傷跡のようなものを見つけた。

「これは……」

「ヘソです、水丸の」

指で突《つつ》くと、こそばゆそうにまた揺れた。

「本当に、水の子供なんですねぇ……」

ぼくは生命の神秘を垣間見《かいまみ》たようで、神聖な気持ちになる。

「こいつを、ください」

思わず口にした。

「あいよっ！　大事にしてやってくださいねっ！」

彼は、爽《さわ》やかな笑顔で力強く言った。

握手をした手はひんやりしていて、少しだけ汗ばんでいた。


家に帰ると、ぼくはさっそく水丸を洗面器の中に移してやった。水に入れると途端に溶けてしまったように見えなくなったけれど、光の角度によって時おり輪郭がうっすら確認できた。放《ほう》っておくと消えてしまいそうな儚《はかな》さに、いっそう愛《いと》おしさを覚えた。

ぼくは暇をみては、水丸との遊びに興じた。

はじめのうちは、水に手を入れ水丸を探り、こちらからそっと撫《な》でてあげる程度だった。

でも、慣れてくると水丸はだんだん自分からぼくの手に絡みつき、じゃれついてくるようになっていった。そうなると、愛着はますます強まっていく。

水丸は、瓶の中を好んだ。

ぼくが空《から》の一升瓶を近づけると、素早く形を変えながら、するりと瓶に入っていく。そうして中でぐるぐる回り、長いときには一日中、そうやって遊んでいるのだった。

水丸はどんどん成長していき、洗面器では収まりきらなくなってきた。

ぼくはバケツに水を張り、棲み処《すか》をそちらに移してやった。

それでもすぐに窮屈になってしまって、解決策を模索した。

もっと大きな場所はないか……。

風呂《ふろ》はどうかと考えたけれど、夜は家族が使うので水丸の居場所がなくなってしまう。

悩んだ末に思いついたのは、学校のプールだった。

日中は、E高水泳部が夏休みの特訓に励んでいる。でも、夜になると誰もいない。

ぼくは、昼のあいだは水丸を風呂にかくまっておくことにした。そして夜になるとバケツに詰めて散歩に出た。

施錠された扉を越えてプールに忍びこむのは、ちょっとしたスリルがあった。月明りだけを頼りにして、ぼくはバケツを揺らしながらプールサイドに立つ。水丸を放してやると、ぼくも一緒にプールに入る。

夜のプールは少し肌寒かったけれど、水丸は大喜びで泳ぎ回った。水丸が通ったところは水面が盛りあがるので、どこにいるかは一目で分かる。

ぼくは月光の下、隅のほうで天を仰いでぷかぷか浮かぶ。夏の夜のプールは、昼の賑《にぎ》わいが嘘《うそ》みたいに、とても静かだ。この静けさを味わうことができるのも、いまだけなんだろうなぁと、ぼくは思う。大人になったら、勝手に学校に忍びこむことなど、できやしないだろう。高校時代のことだって、忙しさで思いだすことさえないかもしれない。卒業アルバムには残らない何気ない日常は、時間の流れに呑《の》みこまれていく——。

ぼくは、ほどよいところで水丸を呼んでバケツに戻す。熱帯夜のけだるさの中を、遠回りしながら歩いて帰った。

そのうちぼくは、水丸に芸を教えてみようと思いついた。水丸は自在に形を変えられる。そこに着目してのことだった。

バケツに入れた水丸に、ぼくはネコの映像を繰り返し見せてやった。

すると、しばらくたって目論見《もくろみ》通りのことが起こった。

水丸はすっかり形を覚えて、ネコの姿で水の中から飛び出てくるようになったのだった。

透明なネコは家の中を歩き回り、いろんなところを引っ掻《か》いた。おかげで水が飛び散って、そこかしこが濡《ぬ》れてしまった。

ぼくはそれに、色をつけられないかと考えた。物は試しと、黄土色の絵具を差してみる。と、それはネコの中で渦を巻き、やがて表面に定着して本物のネコ同然になった。

風呂に入ると色は抜けて、また元の透明に戻ってくれる。

ブラック、グレー、ブラウン、ホワイト。ぼくはいろんな色を水丸に与え、水丸はいろんなネコへと姿を変えた。一緒に堂々と外に出られるようになったので、狭い風呂生活のストレスからは少しは解放されたらしかった。

ぼくは次々と映像を見せては、どんどん形を覚えさせた。

水丸はウサギになりヒョウになり、ウシになりラクダになった。

満月の夜。ぼくは二回りほど大きくなった水丸を連れて、学校のプールに足を運んだ。

静寂《せいじゃく》の中、とぷん、と音がこだまする。

水丸は覚えたての姿に変化して、素早く動く。大きな円を何度か描いて身体の慣れたころを見計らい、ぼくは勢いよく口笛を吹く。イルカが宙へと飛びだして、月光の下でジャンプする。頂点に到達したその瞬間、世界は止まったみたいになる。再び時間が動きだし、飛沫《しぶき》があたりに散乱する。

ぼくはプールサイドに寝転がって、水丸の遊ぶ様子を見守った。なかなか上がってきてくれず、結局、日付が変わってしまうまで、けだるい夜に浸りつづけることになった。

いつしか水丸は、ぼくの手を借りることなく自分で出かけるようになっていった。知らないあいだに友達までできたようで、ネコに擬態《ぎたい》した二つの水が戯れているのを道で何度も目撃した。本物のネコと区別がつかないほどだけれど、ぼくにはそれが、なぜだか水丸たちだと分かった。そしてそのたびに、成長した子を眺める親のような気持ちになって感慨に耽《ふけ》った。

水丸は雨が降ると積極的に外に出た。水を得た魚みたいに、嬉しそうに跳ねまわる。わざと水溜《みずたま》りに飛びこんで、こちらに水をかけてくる。そういうところはまだまだ子供なんだなぁと、ぼくは微笑む。

外出を繰り返すうちに、なのか、ぼくと一緒にいるから、なのかは分からない。

あるときを境に、水丸は新しい姿に変わるようになった。そして次第にその姿――精悍《せいかん》な若者の姿で過ごすことが多くなった。

親にはE高の友達だと言って、強引にごまかした。水丸は我関せずという様子で、絵具を使って服の模様を替えるのを楽しんでいる。

夏休みも、もうすぐ終わる――。

いま彼は、だんだんまばらになってきた蟬時雨を浴びながら、人の姿で毎日のように出かけていく。ぼくは、それを玄関先でいつも見送る。

「気をつけてな」

水丸は、友達と一緒に青竹を担ぎ、水を張った盥を下げて威勢のいい声をあげている。

「水の子供は、いかがですかぁ」

彼は、みんなのもとに分けにいくのだ。

終わりゆく夏の、儚くも鮮やかなひと時を。

お気に入りの一升瓶をぶら下げて。

櫓《やぐら》を組む

高校生活と聞いて思いだすシーンは人によってバラバラだろうが、ここE高の卒業生たちは口を揃《そろ》えて運動会だと胸を張る。「体育祭」ではなく「運動会」。泥臭い感じが加わるからだろうか、なぜだか伝統的にE高ではそう呼ぶことになっている。

運動会では学年横断で生徒たちが四つのグループに分けられて、競い合う。青柳《せいりゅう》、紫雲《しうん》、紅樹《こうじゅ》、黒潮《くろしお》。それぞれ色にちなんだ名前である。

夏のあいだ、生徒たちは運動会にすべてを注ぐ。勉強そっちのけ、部活そっちのけ。そして、それを許す教師たちの熱い眼差《まなざ》し——。

そんな運動会で、伝説が生まれぬはずがない。

運動会の準備では、各グループの生徒たちが細かく班に分かれて作業を進める。

劇で使う舞台を作る「大道具」。太鼓を乗せる台を作る「中道具」。小物を作る「小道具」。

この道具系の生徒のひとりがかつて作業に集中しすぎ、気づけば鑿《のみ》と槌《つち》を手放したまま、素手で道具すべてを完成させてしまったことがあるという。

巨大パネルにモチーフとなる絵を描く、「パネ絵」の生徒。魂をこめて描いた人物に命が宿り、本番前夜に絵がパネルから抜けだした。が、生徒一丸となって捕物よろしく路地に追い詰め、縄で縛って無事に絵の中に戻したらしい。

そんな逸話が山ほどあるのがＥ高なのだ。

そして、数ある班の中でも一番熱いとされるのが、生徒が座る櫓《やぐら》を組む、通称「ヤグラ」。彼らの運動会にかける情熱は半端ではなく、それに比例するように伝説も数多く残されている。

Ｅ高の櫓づくりは、竹を手に入れるところからスタートする。みんなで近くの竹山に出かけていって、竹を切る。そして生徒たちの力だけで櫓を組みあげてしまうのだ。

このヤグラを仕切るオサは「ヤグ長」と呼ばれ、集まってきた猛者《もさ》どもを統《す》べている。無論、絶対的な地位にあり、グループのリーダー「グル長」さえも凌《しの》ぐことがあるほどだ。

さて、その年の運動会では、このヤグラが新たな伝説を生みだすことになる。

グループ「青柳」のヤグ長が、あるとき突然こんなことを言いはじめたのが発端だった。

「なあ、今年の櫓は、一番高いところに板を渡せたグループに特別点が入るというのはどうだろう」

櫓は通常、どんなできであろうとも、運動会の加点対象になることは決してない。だから影の立役者とも呼ぶべき存在で、それが彼らの美学なのだ。しかし、青柳ヤグ長の言葉はその美学に反している。例年なら、いくらヤグ長と言えど、他グループのヤグ長はじめ全員から猛反発を食らうだろう。

ところが、その年のヤグラには血気盛んなやつが多かった。チャレンジングな試みとして、すぐさま議論の場にあげられたのだ。

「……それじゃあ、満場一致で決定でいいな？」

場を取り仕切っていたひとりが言った。

全員を見渡すも、異論を唱える者はいない。

「決定だ！」

わぁっと大きな歓声が響く。教室の外で話し合いの行く末を見守っていた生徒たちは、「号外、号外！」と叫んで校内を走って回る。

決議はすぐに全校生徒に知れ渡り、一気に今年の目玉企画に押しあげられた。

提案者の青柳ヤグ長。彼は何としても負けられないと、強い責任感に駆られていた。

「櫓対決に臨むにあたって、まずは基本のおさらいをする」

彼は自グループのヤグラの要員を集めて言った。

櫓の基本の組み方は、こうである。

まず地面に深く穴を掘り、そこに竹を差しこんで基礎となる柱をつくる。それを何本も並べると、次は人が乗れるよう、柱と柱のあいだに板を順番に渡していく。板を固定するための縄は「ヤグ縄」と呼ばれ、普通の縄とは一味ちがう。水を張ったポリバケツに縄を一週間ほど浸《つ》けこむことで完成するのだ。そのとき縄から滲《し》みでてくるのが「ヤグ汁」で、ポリバケツはこのひどい悪臭を放つ液体で満たされる。

「おい、ヤグ汁で遊ぶんじゃない！　あれだけ注意しただろうが！」

ヤグ長は、臭い汁をかけてじゃれあう生徒二人を見つけて一喝した。毎年、必ず見られる光景だ。

どぎつい汁は、男子たちの子供心をくすぐるらしい。じつはヤグ長も一年生のときに通った道だが、そんなことはおくびにも出さない。怒られた二人は、しゅんとなった。

「今年は特に特別点がかかってるんだ。櫓もあと少しで完成するんだから、気を抜くな！」

はい、と元気よく声があがる。

ヤグ長は運動会の準備がはじまってから、ずっとピリピリ状態だ。自分から提案しておいて、勝負に負けるわけにはいかない。有終の美を飾って卒業するのだと意気ごんでいた。

と、そこに同じ青柳の副ヤグ長が青い顔でやってきた。

「ヤグ長!」

「なんだ、どうした?」

進捗《しんちょく》の報告だろうか。悪いニュースならば聞きたくはない。すべて根性で乗り切れと、これまでもずっと鼓舞《こぶ》してきた。

しかし副ヤグ長の言葉は、予想を遥《はる》かに上回る衝撃的なものだった。

「このままだと、我々の最下位は決定的です……」

「なんだと?」

ヤグ長の顔はみるみるうちに真っ赤になる。

詰め寄られた副ヤグ長は、身を震わせながらも進言した。

「どういうことだ!」

「あれを見てください」

近くに立つ他グループ、紫雲の櫓に指を差す。

「ぼくたちは大事な点を見過ごしていたんです」

「なんのことだ。分かるように説明しろ」

凄《すご》むヤグ長に、副ヤグ長は口を開いた。

「この勝負で問われているのは、櫓に渡す板の高さのはずです」

「無論だ。おれが提唱者なんだから」

ヤグ長は胸を張る。

「……ですが、そうなると必然的に、そもそもの柱の高さが勝負を分けることにはならないでしょうか」

「小難しい言い回しをするな！　もっと分かりやすく言え」

「いえ、その……柱が高いほうが、より高いところに板を渡せますよね？　逆に言うと、柱が低いと負ける可能性はとても高い。その点うちの櫓は根本的な柱の高さで他グループに劣っているので、このままだと負けてしまうと思ったわけです……」

ヤグ長は、改めて他グループの櫓を見た。たしかに、柱を深く埋め過ぎたせいか、使った竹の長さが元々短かったせいか、青柳の櫓の頂上は明らかに低かった。

「ううむ……」

なんてことだと、ヤグ長は頭を抱えた。目の前の仕事に集中するあまり、視野が極端に狭くなっていた。こんな単純ミスなど、あってはならないことである……。

しかしそこは猛者のオサ。すぐさま頭を切り替えた。

高さが足りないのなら、竹を上に接《つ》ぎ足して高くすればいいだけではないか。竹に竹を接ぐのは不安定？　知ったことか。勝負の世界にリスクはつきものだ。

「こんなことは最初から想定していた」

ヤグ長は、平静を装って副ヤグ長に告げる。

「では、何か対策が……？」

「対策も何も、すべては想定内のことだ。相手を油断させるために、あえて秘密にしていたまで。いいか、竹の柱に竹を接いで、高さをぐんと稼ぐんだ！」

これには副ヤグ長も度肝を抜かれた。そんな方法があったなんて……彼はヤグ長の戦略に胸を打たれ、改めてこの人についていこうと心に決めた。

「ただし、作業には危険が伴う。ヤグ縄でしっかり固定するのを忘れるなよ！」

「はい！」

次の朝。紫雲のヤグ長は、青柳の櫓を目にしてぎょっとする。一夜で高さが倍になっているではないか。

いったい何が起こったのか、しばらく理解できずに呆然《ぼうぜん》とした。そして我に返って事情を悟ると、「その手があったか！」と膝《ひざ》を打った。

青柳のヤグ長をのろまと内心嘲《あざけ》って、あぐらをかいていた彼は、のろまは自分のほうだったのだと焦りだす。すぐに要員を集めて声をあげる。

「おい、何をぼんやりしてるんだ！　うちもやるぞ！　追いつけ追いこせだ！」

かくして青柳につづいて紫雲でも、竹に竹を接ぐという荒業が導入された。

こうなると、残りの二つ、紅樹と黒潮も騒ぎだす。

「乗り遅れるな！」

ヤグラの生徒は総出になって、竹接ぎ作業に躍起《やっき》になった。

「竹が足りない！　切ってこい！」

すぐさま追加の竹が供給されて、接いだ竹にさらに接ぐ。

足場を組んでいる暇はない。命綱を腰に巻き、渡した板を頼りにして、生徒たちは竹に登って作業をする。

青柳、紫雲、紅樹、黒潮。四つのグループの櫓ともどんどん高くなっていき、ついには校舎の高さを超えるまでになってしまった。

「くそ、ここに来て挽回《ばんかい》してきやがった！」

青柳ヤグ長は歯ぎしりをする。

他グループの櫓を見ると、いつの間にやら少しだけ追いこされているではないか。このままでは負けてしまう。ともすれば、あっという間に置き去りにされて惨敗を喫《きっ》することになるだろう。危機感と緊張感に襲われる。

もっともっと上を目指さねば勝利はない。仲間たちに檄《げき》を飛ばす。

「おい、次の竹が来てないぞ！　急げ！」

竹を制したものが櫓を制す。早く次を持ってこい。

そう煽《あお》ろうとしたときだった。

生徒のひとりが血相を変えて飛んできた。

「ヤグ長！」

「なんだ」

「もう竹がありません！」

生徒は泣きそうな顔になっている。

「竹がない？」

ヤグ長は眉《まゆ》を吊《つ》りあげる。

怒鳴られる前にと、生徒は必死になって弁解する。

「ちがうんです、ぼくらじゃどうしようもないんです。伐採しすぎて竹山がもうハゲ山なんです」

「……なんてことだ」

ヤグ長は思わず呟《つぶや》いた。

竹がなければ作業を進めることなどできやしない。かと言って、いま竹を接ぐのをやめてしまうと負けが確定してしまう。それだけは、絶対に避けねばならない……。

「どうしましょう」

生徒はヤグ長と現実の板挟みになり、卒倒しそうになっていた。

ヤグ長はしばし思案し、こう叫んだ。

「どうしようも、こうしようもない！」

一喝すると、つづけて叫ぶ。

「いいか、人生というのは、やるかやらないかのどっちかなんだ！　なんとかしろ！」

必死さの中で、人は人生訓を手中に収める。

「そう言われましても……」

「ええいっ、竹がどうした！　ないならないで、下から順に解体して上に回せばいいだろう！」

「それじゃあ櫓が倒れてしまうんじゃ……」

「常識に捉《とら》われるな！　なんとかなる！」

もはや理屈も何もあったものではなく、周りの生徒も誰もが呆気《あっけ》にとられてしまった。副ヤグ長も、口をあんぐり開けている。

が、ヤグ長の凄《すさ》まじい形相に気圧《けお》されて、とうとうひとりが「ままよ！」と思い、櫓の竹——支えになっている箇所の一部に刃を入れた。

と、信じられないことが起こる。

どういう力が働いたのか、支えがなくなったにもかかわらず、櫓は微動だにしなかったのだ。

熱気の漲《みなぎ》る異常な空気の中において、つづいて別の支えにも刃が入れられる。

傾かない。

勢いを得た生徒たちは、次々に支えの竹を切っていく。

それでも決して倒れずに、とうとう櫓は見えない柱に支えられているかのごとく、きれいに宙に浮かんでしまった。ヤグ長は目を瞠《みは》りつつも、勝ち誇ったように言う。

「ざまあみろ！」

いったい誰に向かっての言葉かは不明だったが、結果は結果。

事実、櫓は宙に浮かんだのだ。男たちの情熱が物理法則を超えた瞬間だった。

「おい、青柳の動きがおかしいぞ！」

すぐさま気がつき、他グループはざわつきはじめる。

「そうか！」

と、紫雲、紅樹、黒潮のヤグ長。

「竹がなければ下から回せばいいだけのことだったか！」

目から鱗《うろこ》の三人は、生徒たちに指示を飛ばす。

やがて全グループの櫓が宙に浮かび、どんどん上へと伸びていく。もはや留《とど》まるところを知らない彼らは、雲の上を目指して櫓を組む。

竹は下から上へと循環していく。生徒たちは櫓の上で自炊をし、昼夜を惜しまず作業に打ちこむ。ときどき地上にヤグ縄を降ろし、物資を引きあげたりもする。宙を見渡し、他グループの進捗を確認する――。

その後も櫓は天に向かって昇りつづけ、ついには町一番の城山《しろやま》の高さをも超えてしまった。

だが、生徒たちは一切手を緩めない。緩めたときが、負けなのだから。

勝負はまだまだ、これからだ。


「こら、何ぼーっとしてる！」

青柳のヤグ長は、あるときひとりを注意した。

その生徒は、ぼんやり景色を見下ろしていたのだ。

そいつの目線を追った先――城下には、十五万石の美しい町並みが広がっていた。夏はとつくに過ぎ去って、秋を越え冬を越え、いまや桜の季節になっている。

眼下には、桜吹雪の舞い散る中、涙にむせぶE高の卒業生たちの姿があった。

ヤグ長は細めた目で、しばらくそれに眺め入る。

「……さあ、やるぞ！」

ヤグ長は他グループの櫓の位置を確認すると、汗をぬぐって再びせっせと櫓を組むのに精をだす。

二人の自転車

おれたち二人が付き合うようになったきっかけか。

なんでそんなことに興味があるの？

なるほど、参考に。まあ、そんなに言うなら話してもいいけど、おれの場合はあんまり当てにならないと思うよ。おまえがそれでもいいのなら。あとは変な騒ぎになると面倒だから、誰《だれ》にも言わないことも約束だ。それじゃあ、まあ。

E高まで、おれがいつも自転車で通学してるってのは知ってるよな。電車で通えなくもないけれど、家から駅までが時間がかかる。だから、三十分くらいの道のりを、おれは毎日自転車で通いつづけているわけだ。

電車通学のおまえにはあんまり分からないだろうけど、これがけっこう大変で。

春は花粉にやられるし、夏は登校するだけで大汗をかく。秋は気温の変化が大きいから着ていくものに困ってしまうし、冬は冬で手袋とマフラーの隙間風《すきまかぜ》に耐えながら登校しなくちゃならないんだ。

おれの場合は通学途中に長い坂道があるもんだから、朝から脚が張って仕方ない。部活帰りはひとこぎずつがしんどいし、本だって読めないいんだから考えごとでもするしかない。

とまあ、さんざん文句を言ったけど、電車にはないよさがあるのも事実でね。

コンビニでもラーメン屋でも、気の向くままにどこでも好きに立ち寄れるし、身体《からだ》にあたる空気の具合で季節の移ろいを感じられるのは、自転車ならではのことだろう。

それから自転車通学には、電車にはない最高のロマンがある。

それは二人乗り。

生徒指導の先生からは絶対やるなと言われてるけど、誰もが一度は憧《あこが》れる青春のワンシーンに違いない。

後ろに彼女を乗っけて、夕陽《ゆうひ》の中、電車と並走して風を切る。彼女の足がガードレールにぶつからないよう気をつけながらうまくバランスをとってみたり、身体に巻きついた細い腕がときどきおれをぎゅっと抱きしめたり……。

なんてシチュエーションは映画の中だけでの話なのだと理解するまで、ずいぶん時間がかかってしまったものだけど。気がつくと丸二年、青い春とは一切無縁のまま、おれは我が自転車を恋人に、雨の日も風の日も毎日ひたすら同じ道を泥臭く通いつづけてきた。

その自転車にとんでもない異変が起きたのは、二か月ほど前のことだ。

深夜に小腹が空《す》いて、コンビニに行こうとしたときだった。玄関を出てすぐそばの自転車置場のあたりから、妙な音が聞こえてきた。立ち止まって耳を澄ますと、それは鍵《かぎ》のかかった自転車を無理に動かそうとしている音によく似てた。

自転車泥棒……？

そう思い、反射的に拳《こぶし》を強く握りしめた。でも、恐る恐る近づいていって闇《やみ》の中に目を凝らしてみても、人影らしきものはどこにも見当たらない。不審に思って、おれは自転車の方へと歩み寄った。

と、そこでおれは肝をつぶすことになった。なんと自転車が、誰も手を触れていないのに勝手に動いてがちゃがちゃ音を鳴らしてたんだ。

泥棒どころか幽霊だ。おれは悲鳴をあげて逃げだしたいところだった。でも、何とか勇気をふりしぼり、動く自転車を直視した。

だんだん暗闇に目が慣れてくると、事態の異様さが分かってきた。自転車は、タイヤやハンドル、サドルなんかまで、車体のいたるところを力の限りといった感じで動かしていた。

まさかこの自転車は生きてるのだろうか……？

唐突に、おれの頭にそんな考えがよぎっていた。ばかげた考えだったけど、思わずそう疑ってしまうほど、自転車は生命感に溢《あふ》れた動きをしてたんだ。見れば見るほど、おれはだんだん確信を深めていった。この自転車は、間違いなく生きているって。

そりゃあ、驚いたってレベルを超えてたよ。でも、ずっと苦楽をともにしてきた愛車だったから、見てるうちに不思議と気持ちは落ち着いていった。おれのエネルギーが乗り移ったからなのか、大事に乗ってたからなのかは知らないけれど、いま目の前に、命の宿った自転車が存在している。その事実を、おれは素直に受け入れることができたんだ。

そうなると、自転車を見る目もまったく変わった。全身を動かす自転車が、まるでケージの中で暴れ回るうさぎのように思えてきた。

もしかして、鍵をかけられるのを嫌がっているのだろうか……。おれは急いで鍵を取って戻ってきた。

と、それを外した途端だった。自転車はぶるっとひと震えしたかと思うと、とつぜん動いた。おれが横に飛びのくと道にぱっと出ていって、慌てて追ったおれの周りを何度もぐるぐる回りはじめた。呆然《ぼうぜん》とそれを眺めていると甘えるようにすりよって来たから、サドルをそっと撫《な》でてみた。自転車は嬉《うれ》しそうにベルを鳴らす。夜だったから、思わずしーっと言ってしまったけど。

これじゃあもはやペットじゃないかと、おれはひとりで呟《つぶや》いた。しかしこいつは、いつからこうして命が宿って動けるようになったのだろうか……。

そういえば、と、あるシーンがふっと頭に浮かんできた。下校のとき、朝止めた場所に自転車が見当たらなくて、止めた記憶のないところから見つかることが半年ほど前からよく起こるようになっていた。思えば鍵をかけ忘れたときに限って移動していたような気がする。自転車は、あのころから生きて動くようになっていたのだろうと、おれはいろんな疑問が解決したような気分になった。

それからだ。自転車との新たな日々がはじまったのは。

あいつは人前で動きだすことはなかったけど、人がいない場所では積極的にじゃれついてきた。そんなとき、おれはボールを投げてよく相手をしてやった。

こぐ力をサポートしてくれるアシスト機能を教えこむとすぐに覚えてくれたから、通学もずいぶんラクになった。よっぽど機嫌がいいときは、ＶＩＰ待遇さながらの自動運転もしてくれた。

通学途中の話し相手になってくれて、良い退屈しのぎにもなった。おれの言葉に、あいつはベルで応《こた》えてくれる。周りからは独りごとを言ってベルを鳴らす変なやつに見えただろうけど。

なんだか拘束してるみたいで気が引けて、おれは鍵をかけるのをすっかりやめてしまった。たとえどこかに行ったって、放っておいたら戻ってくるだろうと高《たか》をくくって。その分、学校ではじつに勝手に動いてくれたものだった。帰りに自転車置場であいつの姿を捜すのが、日常茶飯事になった。

そのうちおれは、あいつの移動には法則性があることに気がついた。隣には、ほとんどいつも同じ赤い自転車があったんだ。でも、理由はさして考えなかった。今になってみれば、そのあと起こることを、あのとき少しは予想できてもよかったんだけど。

あの事件が起こったのは、ひと月ほど前の、ある朝のことだった。

その日、登校しようと玄関を出てみておれは大いに混乱した。あいつの姿がどこにも見当たらなかったんだよ。

瞬間的に、いろんな考えが頭をよぎった。勝手に出かけて戻ってきてないだけだろうか、いやいや、もしかすると夜の間に盗まれてしまったんじゃないだろうか、はたまた家出でもしたのだろうか……。

気が気じゃなかったけど学校を休むわけにもいかず、おれは駅に向かわざるを得なかった。家に帰ったらすぐに迷子自転車の貼《は》り紙を出そうと思いながら、不安なまま駅まで歩いた。

その途中でのことだった。いつも空いてるはずの道が渋滞していて、どうしたのだろうと不思議に思った。

と、渋滞の先、遠くの方に見える影を見て、おれはあっと声をあげた。誰も乗っていない自転車が、こっちに向かってゆっくり走ってくるじゃないか。遠目でも、はっきり分かった。それは紛れもない、おれの自転車だ。

そしてもうひとつ、驚くべきことがあった。あいつは荷台に、横いっぱいに大きく広がる何かを乗せてた。だんだんこちらに近づくにつれ、その正体が分かって仰天した。なんとそれはもう一台、別の自転車だったんだ。どうして荷台に自転車が？　まったくわけが分からなかった。

その後ろの自転車は、高く持ち上がったあいつのサドルに寄りかかるようにして荷台の上に乗っていた。仲良さそうにペダルをうまく絡ませながら……。

二人乗りだ！

おれはすべてを理解した。あいつはいま、自転車同士で二人乗り、いや、二台乗りをしてやがるんだ。知らない間に彼女を作りやがってなんてマセた自転車だと、おれは悔しさと嫉《しっ》妬《と》に駆られていた。しかも主人のおれを差し置いて二人乗りまで……。

ともかくも、おれはよろよろとバランスを取りながら進んで来たあいつの前に立ちはだかって、思い切りニラみつけてやった。あいつはようやくこちらに気づいたようで、こわごわといった感じでスピードを落として停止した。

ハンドルに手を掛けて、おれはじろじろ見てくる人たちの目をなんとかごまかしながら何食わぬ顔で物陰へと引っぱっていった。

すぐに後ろに乗った自転車をおろさせて、あいつをこっぴどく叱《しか》りつけたのは言うまでもない。登校時間に戻らずに迷惑をかけたこと、人目につくところで無人のままで走ったこと、それからおれに無断で二台乗りをしていたこと……。それがずいぶん応えたようで、あいつのハンドルはだんだん下がり、タイヤの空気も抜けていった。

と、叱るのに気をとられて、もう一台の存在をすっかり忘れていたのを思いだした。

ほかにも動く自転車がいたことにも驚きだったけど、おれの自転車をたぶらかしたのはいったいどんなやつなんだと目をやった。

おびえるように後ろに隠れていたその自転車を見て、おれはあっと声をあげた。それはいつも学校の自転車置場であいつの隣に並んであった、あの赤い自転車だったんだ。

なるほど出会いは同じ置場だったのか。

なんて思うと同時に、おれの胸は急に高鳴りはじめていた。というのも、その自転車の持ち主が、他ならぬ隣のクラスのずっと気になっていた女子だったんだ。好みというのは主人に似るものなのか、それとも単なる偶然なのか、いずれにしてもこれはビッグチャンスが舞いこんできたと内心小躍り状態だった。

おれはあいつを家に連れ戻したあと、いま起こったこともすっかり忘れて意気揚々と赤い自転車で登校した。そしてさっそく持ち主の子に声を掛けて、自転車を返してあげたんだ。

そこから先は急展開。

なくした自転車がどうしておれのところにあったのか。その子にずいぶん不思議がられたから、分かってもらえるまで何度も何度も、必要以上に事情を説明した。きちんと証明するために、わざわざ家に呼んだりもして。おれの自転車が失踪《しっそう》した日は、その子が自転車を買ってもらった日と一致してることも分かった。あいつらは、記念日を一緒に過ごしてたんだな。


そうこうするうちに一気に距離は縮まって、あれよあれよと言う間に自然と付き合うことになって。どちらからともなくね。うまくいくときは拍子抜けするくらいに勝手に進展していくものなんだなぁと、あとからしみじみ思ったもんだよ。

だいたいこんな感じかな。いまに至ったいきさつは。おれの場合は恋の駆け引きなんてものはまったくなくて、溶け合うように付き合いはじめてたっていう具合。いやいや、のろけじゃなくて。

だから言っただろ。あんまり当てにはならないはずだって。おまえに恋愛のノウハウを伝授してやることもできなければ、仲良くなったきっかけだってレアケース。なんてったって事の発端は動く自転車の色恋沙汰《ざた》だ。真似《まね》しようと思っても、できることじゃないからなぁ。だけどほんとに、いまとなってはあいつには感謝の言葉しかないよ。よく勝手なことをしてくれたと、褒めてやりたいくらいのことさ。

そんなこともあったから、あの事件以来しっかり鍵で管理していたあいつのことを、しばらくたっておれは許してやることにした。鍵を外すとあいつは道に勢いよく飛びだして、元気にあたりを走り回った。久しぶりにはしゃぐ姿を、おれは温かく見守ったもんだ。

でも。人に迷惑をかけた落とし前だけは、最後にきちんとつけてもらうことにしてね。

それでおれはあいつに乗って丸一日、自動運転のサイクリングに連れていってもらったんだ。

もちろん後ろに彼女を乗っけてね。

友人一の勉強法

中学のときは勉強ができる方のはずだったのに、E高に入ってからのテストの成績は散々で、上には上がいるものなのだと思い知ることになった。

E高では上位五パーセントがAランクと呼ばれ、トップ集団を形成する。その頂点、学年一位に君臨していたのは同じクラスのIだった。Iは陰で宇宙人と呼ばれるほどの圧倒的な成績を残していて、とてもじゃないけどおれのような凡人が手の届くやつではなかった。

でも、負けず嫌いのおれは勉強でもなんでも才能の問題で片づけるのが大嫌いだった。近くにいるやつに負けるなんてなおさら我慢できなかったから、何とか少しでもIに近づけないかと思っておれは頭を悩ませた。

Iとおれ。才能以外で根本的にちがうところがあるとすれば、いったいそれはどこなのだろう。

考えられる答えはひとつ。それは勉強法だった。きっとＩは工夫して、効率的かつ効果的な独自のやり方を確立しているにちがいない。それさえ盗めれば、おれにだって勝機があるのではないだろうか。

そう思うと、おれはＩに勉強法を聞いてみたくて居ても立ってもいられなくなった。

だけど、そう簡単にＩはノウハウを披露してくれるものだろうか。というか、そもそもコミュニケーションはとれるのか。なにせ彼は、クラス一の変わり者としても有名なやつだったのだ。

それというのも、すべてはＩの奇行に原因があった。授業中でも休み時間でも昼飯の時間でも、ところ構わず突然弁当箱を取り出して、中のものをひとつまみしてはぱくりと食べる。そしてその食べているものが、これまたずいぶん変わっていた。真っ黒焦げの、形の崩れた謎《なぞ》の物体。はじめてそれを目にしたとき、おれは頭の良いやつはネジが一本はずれているのだろうなぁと、呆《あき》れるやら感心するやらしたのを覚えている……。

でも。そんなＩに、おれはあえて近づく決心を固めた。

まずは仲良くなるところからはじめねば。そう思い、その日おれは教室を移動している最中のＩに話しかけることにしたのだった。

すると意外や意外、Ｉは笑いながらごくごく普通に受け入れてくれたのだから、奇人をイメージしていたおれはいささか拍子抜けしてしまった。探り探りに持ちだしたマンガの話をきっかけに、Ｉとの距離は一気に縮まった。先入観はよくないものだなぁと、痛感したのだった。

「それで、話はぜんぜん変わるんだけど」

授業がはじまる前に、おれは肝心の話題をＩに切りだした。「ちょっと聞きたいことがあるんだよ」

「聞きたいこと？」

「勉強のことで」

Ｉは怪訝《けげん》そうな顔をした。

「いや、あれだよ、Ｉみたいに頭が良いやつは、どんな勉強をしてるんだろうって、ちょっと興味を持ったもんだからさ……」

しばらく黙ったＩを見て、触れてはいけない話題だったかと焦りはじめた矢先だった。

「……そんなことを聞かれたのは初めてだよ。なんで？」

今度はＩが、こちらの真意を探るように聞いてきた。

恥をしのんで、おれは素直に白状した。

「……この成績で言うと笑われるだろうけど、ちょっとでもＩの成績に近づきたいと思って。

でも、どうやって勉強したらいいのか分からない。だから直接、勉強法を聞いてみようと思ったんだ」

Ｉは少し考える様子を見せた。

沈黙にたえきれなくて、おれは言った。

「どんな問題集を使ってるかとか、オススメの暗記法とか、何でもいいんだ。もちろん無理なら、そう言ってくれていいから……」

と、おもむろにＩは口を開いた。

「いやいや、教えるのはいいんだけど、おれのやり方、かなり変わってるからさ。びっくりするんじゃないのかなぁと思って迷ってたんだ」

変わってるって、もう十分みんなに変な目で見られているのに何を今更。そうは思ったけど口には出さず、

「特別なことをやってるのなら、なおさら知りたい。ぜひ教えてくれよ」

おれは身を乗りだしてＩに迫った。

「そこまで言うなら、別にいいけど」

「おぉ、やった！　で、どうやってんの？」

「えっと、じゃあ、放課後あいてる？　口で説明するより、見せた方が早いから。それに学

校じゃあやりづらいんだ。うちに来てくれるのが一番ありがたい」

もちろんおれは即快諾した。学校では見せられない勉強法。興味は募るばかりだった。


放課後Iの家に立ち寄ると、さっそく彼の部屋へと案内された。

「お待たせ」

しばらくするとIが何かを手に持って、部屋へと入って来た。

Iが持つそれを見て、おれは大いに首をひねった。なんとIは、茶碗《ちゃわん》を手にしていたのだった。しかもそこにはご飯がよそられているではないか。

勉強前の腹ごしらえ……？　困惑するおれをよそに、Iはそれを机に置いた。

「これは勉強に使うんだ」

「勉強に？」

「なくてもいいけど、あれば捗《はかど》るからね」

捗るだって？　勉強が？

おれはわけが分からずに、Iを変な目で見てしまった。

「はは、おれのやり方は変わってるって言ったじゃないか。まあ、ほんとに変わってるのはここからなんだけどね」

そう言って勉強机に向かうと、彼は立てかけられていた問題集に手を伸ばし、そのひとつを手に取った。それは数学の問題集で、学校指定で買わされた、おれも持っているものだった。

「もしかして、それ使ってんの?」

みんなとはちがう珍しい問題集でも出てくるのかなと予想していたから、意外な思いだった。

「これ、よくできてるから結構オススメだよ」

それに、とIは言う。

「ポイントは、どの問題集を使うかよりも、問題のとき方のほうにあるんだよ」

おれが言葉の意味を理解しかねていると、Iはページをぱらぱらめくって手を止めた。見開きいっぱいに、数式などがずらりと並んでいた。

「じゃあ、といてみるからよく見てなよ」

Iはペン立てから、なぜか鉛筆を二本も抜き取った。

ところがすぐに、おれは自分の目を疑う事態にぶちあたり、言葉を失うことになった。

Iが手にしていたものは、鉛筆などではなかった。二本のそれは、まぎれもない箸《はし》だったのだ。

「これで問題をとくんだよ」

まったく意味が分からなかった。やっぱりＩは、噂《うわさ》通りの奇人だったのか……。

するとＩが、すぐさま口を開いた。

「また変な目で見てる。だから変わったやり方だって、あれだけ先に言っといたのに。まあ、いいや。ちょっとやってみるから見てなって」

そして彼は、驚くべき行動に出はじめた。箸の先を、開いたページの片面に当てて、かき混ぜるようにしてしゃかしゃか動かしだしたのだ。意味不明の動作を繰り返す姿に、さっきまでのまともそうだったＩは、いったいどこへ行ってしまったのだろうと次第に怖くなってきた。

だけど、「来た来た」とＩが呟《つぶや》いた、そのときだった。信じがたいことが目の前で起こり、度肝を抜かれた。

書かれてあった数字や式やグラフの数々。それらの形が、まるで乾く前のインクでもこすったように崩れだし、箸の動きにしたがって紙の上で渦を巻きはじめたのだ。黒い渦はだんだんひとつにまとまって、あっと言う間にページの上にインクだまりのようなものが出来あがった。

Ｉはそれをしばらくかき混ぜつづけ、「こんなもんかな」と言って作業に区切りをつけた。

おれはというと、まったく頭が追いついていない状況だった。

呆然《ぼうぜん》とするおれに、Ｉは笑顔で言った。

「これが問題をとくってことだよ」

頭はパンク寸前で、思わず悲鳴をあげたくなった。

「いったい何がどうなってるんだよ……問題というか、卵でも溶いてるみたいだったじゃないか……」

と、自分で言った刹那《せつな》のこと。おれの頭をある考えがよぎって、声をあげた。

解く、解く……溶く？　まさかＩは、問題を解いたのではなく、溶いたのだとでも言いたいのだろうか？

「そういうこと」

涼しげにＩは答えた。「いつもおれはこうやって、問題を溶いてるってわけなんだよ。で、その問題を食べてしまう。こんな感じで」

彼は問題集を傾けて、真ん中の溝のところに黒いものを集めはじめた。次にそれを手前に倒し、用意していた茶碗の中へと注ぎこむ。そしてＩは、卵かけご飯でも食べるようにして黒いご飯を口いっぱいにかきこんだ。

少しのあいだ口をもぐもぐさせながら、考えごとでもするようにＩは宙に目をやっていた。

やがて喉《のど》をごくんとさせて、言った。

「あーウマい」

おれはすぐさま詰め寄って、説明を求めた。

「溶くって意味はなんとか分かった……でも、いったいどうやって溶いたんだ……？」

「見ての通り、箸で溶いたとしか言いようがないよ」

「あんなに身体《からだ》に悪そうな黒いもの、食べても大丈夫なのか？」

「食べなきゃ意味がないからね。それにこれは、悪いどころか最高にすばらしいものなんだ。溶いた問題は口に入れると、答えがおのずと頭に浮かぶようになってるんだよ。食べながら、それをじっくり味わうというわけさ。

丸呑《まるの》みしちゃうと単なる丸暗記になってしまうから、しっかり口に含んで、答えに至るまでの過程のこともちゃんと考えながら咀嚼《そしやく》するのが大切で。ご飯と一緒に食べると噛《か》む回数が自然と増えるだろ。だから、ご飯があると勉強が捗るって言ったのさ。

ほかの教科でも、ぜんぶ同じ。これがおれの勉強法だよ」

変わったやり方だと言っていた理由が、ようやく理解できた。こんなに奇妙な勉強法は聞いたことがなかった。

それに。こんなことをずっとつづけてきたのなら、そりゃあ勉強もできるようになるわけだよと思った。なにしろIの場合、食べた問題は胃で消化され、やがては身体の一部になる。つまりは溶いた分だけ、文字通りしっかり身につくということなんだからなぁ……。

おれは問題集を手に取って、ほかのページをめくってみた。すでにIが溶いてしまったのだろう。多くのページが真っ白になっていた。

「……おれもやってみていい？」

さっきのことを思い返すうちに、おれは自分でも同じことをやってみたくなっていた。

Iが OKしてくれたので、問題集の後ろのほう、手つかずのページを開いてみた。箸を借りて、しゃかしゃかしゃかしゃかしゃか、かき混ぜる……が、いくら混ぜてもうまく溶けてはくれなかった。

ムキになってやっていると、見守ってくれていたIが口を開いた。

「何でもすぐに溶けるわけじゃないんだよ。難問ほど溶くのに時間がかかるものだし、いきなり高いレベルの問題を溶こうとしても、なかなかうまくはいかないもので」

先に言ってくれよと、おれは思った。これじゃあ実力不足をさらしただけの、ただの笑いものじゃないか。

「あとは、悪問《あくもん》の場合もなかなか溶けてくれなくて。溶けたとしても灰色がかった変な色ですぐにそれだって分かるから、食べずに流しに捨てることになるんだけどね」

さっきの問題は悪問だったにちがいないと、自分で勝手に決めつけた。

「溶いた問題はもちろん生で啜《すす》ってもウマいし、すき焼きと絡めたり、雑炊《ぞうすい》に流し入れたりするのもいい。間食にも夜食にも最高だね」

「まるで卵だなぁ」

まさに、とIは大きく頷《うなず》いた。

「使い方はいろいろだから、ぜんぜん飽《あ》きることがないんだよ。調理することだってできるんだから」

溶いた問題を調理する。想像するだけで変な感じがした。

そのときふと、Iのおかしな弁当のことが頭をよぎった。ところ構わずつまんで食べている、妙なもの。もしかして……。

「あの弁当も？」

「そうそう。あれは溶いた問題を材料にして、自分で作ったものなんだ。勉強できる弁当だから『勉当』って呼んでてね。おれの得意料理なんだよ」

Iは自慢気に言った。

「そういうことだったのか……」

おれは、ようやく謎が解けた思いだった。形の崩れた、あの黒い物体。その正体が、やっと分かったのだった。でも、色は仕方がないとして、形の方はどう考えたって失敗作の部類に入るだろう。それにも気づかず自慢するＩの天然ぶりに、なんだか急に、彼が生身の人間らしく思えて笑えてきた。

「勉強センスと料理センスは別物なんだなぁ」

おれは思わず呟いた。Ｉは不可解そうな顔をする。

「センスって？」

「いやね、勉強法には驚かされたけど、あの料理にだけはちょっと物申したくってね」

いくらなんでも、あれはひどい。一から教えてやらなくては。

Ｉに勝てるところが見つかって、おれは小さな優越感にひたって強気に言った。

「ちょっとキッチンを貸してくれ。いいか、そもそも卵焼きの料理法というのはだな……」

同じ窓の人々

――E高同窓生の皆様へ――

そう書かれた封筒が届いたのは、二か月ほど前のことだった。

高校を卒業して数年。上京以来、すっかり母校にご無沙汰《ぶさた》だったおれは、久しぶりに見たE高という文字に懐かしさを覚えた。

封筒の中の手紙には簡単な挨拶文《あいさつぶん》が書かれてあって、E高で同窓会が開催されるという旨が記されていた。

――つきましては、ご出欠を同封のハガキにてお知らせください。世代を超えて同窓生が交流できる貴重な機会です。皆様、ぜひ参加をご検討いただければ幸いです――

そして最後に、こんな手書きの注釈があった。

――※ご実家が引っ越しされたようで長らく送付ができずにおりましたが、このたびS先生よりこちらのご住所を伺いましたので、不躾《ぶしつけ》ながら招待状をお送りさせていただきました。S先生は今年から同窓会の幹事の一人を務めてくださっています。S先生ともども、お待ちしております――

おれは一瞬にして青春時代に戻ったかのような感覚になった。

S先生――。

高三のときの担任であり、恩師の名前だ。大学にあがってからもときどき連絡を取りあったりしていたのだが、就職してからは長らく疎遠になっていた。東京にいると地元の情報にも疎《うと》くなり、日々のバタバタのこともあって、いつしか高校時代の思い出と一緒に心の奥に埋もれてしまっていたのだった。

これはぜひとも参加しなければ。

そう思い、おれは手帳を確認した。会は日曜日の夜に開催されるということで、帰りの飛行機を考えると翌日を休暇にしなければならなかったが、迷わず予定に書きこんだ。

それからおれは、改めて手紙に目を通した。そのときだった、妙なことに気がついたのは。

文面から、同窓会は地元E高で開催されることは分かっていた。けれど、詳細のところをよくよく見ると、会の場所について、こんなことが書かれてあったのだ。

——受付場所：E高 三年十一組 教室

三年十一組。それは、おれが三年生のときのクラスだった。こんな偶然があるものなんだなぁと思いつつも、受付が教室とは変わった同窓会だなぁと思った。

そして、もうひとつ気になったのが肝心の開催場所のことだった。手紙には受付場所は書かれてあったが、会場についてはまったく触れられていなかったのだ。

受付を済ませたあとで、どこか別の場所にでも移動するのだろうか。が、文面から察するに、会は世代を超えて開かれるようだ。そんな大人数が入れる場所なんて学校近くにあっただろうか……。

でもまあ、と、おれは思った。

それは行けば分かることだし、深く考える必要はないか。自分は楽しみに当日を待っていればいいだけだ――。

そしておれは卒業以来、初めて母校に足を踏み入れたのだった。

少し早めに着いたので、校内をひとりでぶらついてみた。

日曜日の夜ともなると、さすがに生徒の影は見当たらなかった。日頃の彼らの圧倒的なエネルギーの反動か、校内には何となく侘《わび》しさが漂っている。

購買部の閉まった扉。無人の自販機の灯《あか》り。体育館の壁の汚れ。

高校生のときには気にも留めなかったものたちが、自然と目に入ってくる。記憶と変わらない場所のはずなのに、どこか違う場所に来たかのようにも感じられ、なんだか少し切なくなった。

受付の時刻が迫ってきて、おれは教室への階段を上っていった。

三階の懐かしい教室には黄色い灯りがともっていて、あたりはたくさんの人で溢《あふ》れていた。中に入って順番待ちをしているときだった。おれは大きな声をあげた。

「先生!」

教室を入ってすぐのところに机が一列に並べてあって、受付係の人たちが立っていた。その一人に、S先生が混じっていたのだ。

「おお、来たか、来たか」

先生は当時と変わらないエネルギッシュな風貌《ふうぼう》のままだった。

「悪かったな、ずっと招待状が届いてなくて。それにしても、社会人って感じになったなぁ」

先生は屈託のない笑みを浮かべる。

「思わず敬語を使いそうになるじゃないか。あのころとは、まるで別人だな」

おれは苦笑せざるを得なかった。

S先生にはいろんなことで怒られたものだなぁと、当時のことを思いだす。

宿題をやってこなかった。真面目《まじめ》に掃除をしていない。学ランを勝手に着崩している……。

中でも一番怒られたのは遅刻だった。

いま思えばバカだなぁと笑えてくるけど、家が学校の近くだった分、いかにギリギリまで寝るかが自分の中での一種の勝負みたいになっていた。目が覚めて時計を見て、まだあと少し寝られると分かると横になる。また起きて、余裕があると再び寝る。その繰り返しで、結局、ハッと目覚めて時計を見ると登校時間を過ぎていることがよくあった。急いで走り、慌てて朝のホームルームに駆けこんだものだ。

そんなとき、S先生には呆《あき》れられながらも釘《くぎ》を刺された。

「言いたいことは分かるよな？　遅刻だぞっ！」

ひぃっとなって、すぐに謝り、身を縮めて席につくのだ。

あの自分が、いまや社会人としてやっていけているのだから、人生はおもしろいものだよなぁと思わされる。もっとも、自分では中身が変わったという自覚はあまりないのだけれど。

おれは近況を皮切りに、S先生と立ち話に花を咲かせた。先生はずっとE高で教鞭《きょうべん》をとっていて、まさしくいま、この三年十一組の担任をしているのだと言った。

「何の因果だろうなぁ。それもあって、この同窓会の幹事を頼まれたんだ。いつも参加するだけ参加させてもらってたから、その恩返しも兼ねてな。おまえに招待状が届いてなかったのを知れたから、よかったよ。てっきり帰省するのが大変で来てないんだろうなぁと思ってたんだ。おまえが招待されてないわけがなかったからな」

先生はつづけた。

「ホームルームのときも授業のときも、窓のほうばっかり見てたもんなぁ」

懐かしむように、先生は笑った。

けれどおれは、その言葉に違和感を覚えた。

窓のほうばかり見ていた……たしかに、言われてみればそうだったような気もする。でも、それがなぜいま話題に上ったのだろう。先生の言い方は、まるで窓のほうばかり見ていたから同窓会に招待されたとでもいわんばかりだ。

それと同時に、ふと、おれはあることに気がついた。すっかりS先生との会話に夢中になっていたけれど、受付を終えた人たちが、なぜだか違う列に並び直していたのだった。何となく、その列の先に視線をやった瞬間だった。思わぬ光景が飛びこんできて、おれは声をあげた。

「わっ、危ない！」

列の先は、教室の後ろにある窓のほうへとつづいていた。そしてその先頭の男性が、開け放たれた窓に向かって身を乗りだしていたのだった。

「せ、先生！　人が！　窓に！」

言った矢先に、男性は窓の向こうに消えていった。しかも、次の人も同じように身を乗りだしているではないか……。

S先生はそちらを一瞥《いちべつ》した。が、まったく動じていなかった。むしろ、おれのほうに向き直って、何かに合点がいったような顔をした。

「そうか、おまえはこの会のことを知らないんだったなぁ」

「この会のこと……？」

先生の落ち着きように、おれも何とか正気を保とうと努めた。

「えっと、今日はE高の同窓会、なんですよね……？」

なんだか自信がなくなってきて、力なく尋ねる。

「もちろん、同窓会だ。ただし、よくあるやつと同じじゃあない。今夜開かれるのは、同じ窓に思いを馳《は》せた人間だけが集まる会なんだ」

おれは先生の言葉を消化できずに、黙っていた。

S先生は笑って言った。

「はは、まあ、そんな顔するなって。もう少し説明するとだな、この窓は不思議な力を持っててな。同窓会は、この窓の中で開かれるんだよ」

「窓の中……？」

もはやオウム返しの状態だった。

そんなおれを見兼ねてだろう、S先生は受付の人にひとこと言って、その場を離れた。そして、手招きをしておれのことを呼び寄せた。

「ほら、こっちに来て見てみればいい」

先生と一緒に窓のほうへと近づいて、人々が入っていく先を眺めてみた。

おれは目を疑った。

その四角い枠の中には、外の景色が切り取られて存在しているはずだった。でも、そんなものはそこにはなかった。奥に広がっていたのは、ホテルの広間のような豪華《ごうか》絢爛《けんらん》な空間だった。

赤い絨毯《じゅうたん》に、白いクロスの掛かった丸テーブル。天井にはシャンデリアが吊《つ》るされている。

人々はそこで、ドリンクを片手にワイワイガヤガヤやっていた。

呆然《ぼうぜん》としていると、先生は言った。

「な、分かっただろ？　みんなこの教室の窓に思いを馳せた人たちなんだ。おまえも中に入るといいよ。おれもあとで参戦するから。そういえば、おまえと飲むのは初めてだなぁ、楽しみにしてるよ」

そう言って、先生はおれの肩をぽんと叩《たた》いた。そして、さっさと受付のほうに戻ってしまった。

残されたおれは、まだ現実が呑《の》みこみ切れないでいた。

窓の中で開かれる。そんな会があるだなんて……。

不意に先生の言葉がよみがえった。

同じ窓に思いを馳せた人間だけが集まる会――。

そうか、と、おれはようやくピンと来た。

なるほど、今日ここに来ている人たちは、同じ高校を出ただけじゃない。みんな学生時代にこの教室で、この窓のことを眺めて過ごしていた人たちなのだ。あるいは暇を持て余し。

あるいは何かの理由があって。

それがいま、世代を超えて集結した……。

途端に親近感が芽生えてきた。

窓の中では、みんなじつに楽しそうに喋《しゃべ》っている。早くその輪の中に加わりたくなったおれは、急いで列の後ろに回ったのだった。

中に入って少しすると司会の人から開会が告げられて、同窓会がはじまった。

E高トークは、初対面の溝も世代間の隔たりも易々《やすやす》と超えさせてくれた。普通の同窓会でも話は弾むに違いないのに、なにせ、似た者同士の集まりなのだ。盛り上がらないはずがなかった。

「この窓は、けっこう優秀な人を輩出しててねぇ」

最初に話しかけた初老の女性は、おれが初参加の人間だと知るとそう教えてくれた。

「ほら、あそこにいる人」

恰幅《かっぷく》のいい男性を指差して、地元の有名企業の名前を挙げた。

「社長さんなの、あそこの会社の」

「はぁぁ……」

「あっちは有名な農学博士。右のテーブルの人は映画監督で、その隣は市長ね」

「……他の教室の窓の中でも、同じような会が開かれてるんですか？」

「まちまちみたいねぇ。たとえば代々、理系なんかで真面目一辺倒の生徒が多い教室では、窓を見る人なんて少ないから」

会話をしている間にも、ウェイトレスが酒をどんどん持ってきてくれる。思い出話ほど最高の肴《さかな》はなく、ついついグラスを重ねてしまう。

おれは次々といろんな人に話しかけ、そして話しかけられた。部活の話で盛り上がったり、運動会のグループの話で盛り上がったり。

中でも、窓にちなんだ思い出話はみんなに共通の話題だった。

ある人は、好きな女子のことで頭がいっぱいで、よくぼんやり窓の外を見ていたのだと語った。またある人は、授業が退屈で仕方なかったのだと言って笑った。

ふと目をやったときの空の青に、夢を空想していた人。いまが流れ去っていくのを憂え、雲に向かって時間よ止まれとひたすら願いつづけていた人。自分のように、未来への漠然とした不安のやり場にしていた人……。

ときどき壇上で挨拶する人たちも、みんな揃《そろ》って窓にまつわる話をした。

窓はたくさんの人の青春を受け止めてきたのだなぁと、しみじみとした気持ちにもなった。

「おう、ずいぶん飲んでるじゃないか」

突然、足元から声が聞こえた。そちらを見やると、S先生が窓から広間に入ってくるところだった。知らず知らずのうちに入口近くまで来ていたようで、先生のうしろ、窓の向こうには三年十一組の教室が小さく見えた。

「あんまり飲みすぎるなよぉ、明日は月曜日なんだから」

「楽しくて、ついつい……でも、明日は休みをとってきたので大丈夫です」

「そうか、じゃあ、好きなだけ飲め飲め」

S先生は近くにあったグラスにビールを注《つ》ぎ、渡してくれた。お返しに先生のグラスにもビールを注いで乾杯する。

「ですが、先生も窓に青春を刻んだおひとりだったんですねぇ」

からかい混じりの口調で言うと、先生は頭を掻《か》いた。

「まあ、そういうことだ。だから、おまえが授業中によそ見してても注意しなかったんだよ。昔の自分を見てるような気になってなぁ」

「そういえば、それで怒られたことは一度もなかった気がしますねぇ……あんなによく怒られてたのに」

「あんなによく怒ってたのにな」

先生は笑う。

「でも、そのダメだったやつが、こんなに立派になるんだから教師はやめられないよ」

先生は、空いたグラスにビールを注いでくれる。

「まあ、飲むのもいいけど、ほどほどにな。じゃあ、おれもいろんな人と話してくるから、おまえも楽しめよ」

そう言って、S先生は離れていった。

おれもまた、近くにいた別の人たちの会話の輪に加わった。

ときどき後輩と思《おぼ》しき人を見つけると絡んでいって、からかった。先輩に絡まれ、からかわれもした。

酒はどんどん進んでいって、周囲の景色も歪《ゆが》んできた。だんだん眠くなってくる。

「さて、ここでスペシャルゲストの登場です」

アナウンスが告げられて、壇上に誰かが上がった。

ふらつきながら目をやると、なんだか見覚えのある人が立っていた。

と、その人物に思い当たって、まさかと思った。明治を壮絶に生き、歴史に名を刻んだ俳人と瓜二《うりふた》つだったのだ。喝采にかき消され、紹介する声は聞こえない。でも、どう見たって本人に違いなかった。

そういえば、あの人もE高出身者のひとりだ――。

あんな偉大な人物にも、かつて同じようにあの窓を眺めていた時間があったのか……。そう考えると、誇らしいような、畏《おそ》れ多いような気になった。

いつの間にか、広間には和装や軍服の人々が入り交じっていた。窓は、教え子たちを忘れずしっかり記憶しているらしい。

鬼籍《きせき》に入ろうが入っていまいが、この同窓会では無礼講だ。

窓が記憶する様々な人たちと、おれは束《つか》の間《ま》の酒宴を謳歌《おうか》する。

もはや誰と何を話しているのか分からないほど酔っていた。

かろうじて、飲みすぎたなと自覚する。

でも、まあ、いいや。

こんなに素敵な夜なのだから――。


ハッと目覚めて、おれは慌ててあたりを見た。

だんだんと、同窓会のことがよみがえる。ただし、記憶は途中でなくなっていた。

そしてここはトイレの中だと判明する。

なるほど、久しぶりにやってしまったと、おれは悟る。いつの間にか、ひとりで飲み過ぎ、どうやら潰《つぶ》れてしまったらしい。時計を見ると、もう朝だった。

激しい頭痛を引きずりながら、おれは広間に出ていった。誰もいない広間は片づけられて、すっかりきれいになっている。

ふと、どこからか賑《にぎ》やかな声が聞こえてきた。

広間の端に昨夜入ってきた窓が見え、おれはそちらに近づいた。

窓の向こうを覗いた途端、頭痛は一気に吹き飛んだ。教室の中は若々しい高校生たちで溢れていたのだ。

おれは瞬間的に理解する。

今日は月曜日……授業の日だ！

早く出なければと焦っているとチャイムが鳴って、生徒たちは席に着いた。すぐに教室は静かになって、扉が開く。担任のS先生が入ってくる。

反射的に、ああおしまいだと覚悟しつつも、なんとか見つかりませんようにと願いながら、おれは窓を抜けだした。

そのときだった。

「おいそこっ！」

さっそくS先生の声が飛んだ。

「遅刻だぞっ！」

その声は楽しそうにも聞こえたが、振り返ってたしかめている余裕はない。

「す、すみませんっ！」

おれは、ひぃっとなって謝りながら、慌てて廊下に飛びだした。

彼女の中の花畑

最近、リサがやけにきれいになった。化粧をはじめたわけじゃない。内面から滲《にじ》みでてくるよさが増したというか、春のように明るい存在になったというか。雰囲気《ふんいき》がずいぶん変わったのだった。

E高女子の中で、リサは目立つほうではなかった。けれど、最近の変わりようは瞬《また》く間に知れ渡って、男子の見る目は激変した。そうなると、ぼくは気が気ではない。リサを遠くから眺《なが》めながら、中学時代からつづく友達という関係から、何とか早く次のステージに進まなければと焦《あせ》りはじめた。

何かいいことでもあったのかなぁと楽観的なことを考えつつも、まさか彼氏でもできたのだろうかと不安にもなった。

直接聞くのは躊躇《ためら》われて、リサの友達に探りを入れた。でも、そんな事実はないようだった。

それじゃあ、何があったのか……。

もやもやしていた、ある日のこと。ぼくは運よく、放課後リサと教室で一緒になれた。

少し雑談したあとで、思い切って聞いてみた。

近ごろ何かあったのか、と。

「それ、みんなに言われるんだけど、そんなに変わったかなぁ」

微笑《ほほえ》むリサの黒髪には、このごろよく見る髪飾りがちょこんとついている。誰《だれ》かからのプレゼントなんじゃないかと胸騒ぎを覚えてしまうが、聞いてみる度胸はない。

「……じゃあ、特に何かあったってわけじゃないの？」

「うん、まあ、別に」

その濁《にご》すような言い方が、何となく引っ掛かった。彼女の持ち味のひとつは歯切れのよさだと個人的には思っている。もし何もないならば、きっぱり否定するのが彼女らしいと感じたのだ。

「本当に？　でも、何かありそうな気がするんだけどなぁ」

ぼくは独り言のように呟《つぶや》いた。

リサは困った表情を浮かべている。

気まずい沈黙が流れていって、やっぱり何もなかったのかなと思いはじめたときだった。

「……じつは、みんなには黙ってるんだけど」

リサはおもむろに口を開いた。

「ずっと、誰かに話したいって気持ちはあって……」

でも、とリサはつづける。

「誤解されると面倒だし、女子グループであんまり波風を立てたくもなくて」

それで隠していたことがあるのだと、彼女は言った。

「わたし、花のお世話をするようになったの」

「花？」

「そう、二宮《にのみや》さんの影響で」

二宮さん、と呟いて、ぼくはすぐに思いだした。一年のときに同じクラスだった女子だ。

二宮さんは、能天気で空想好きな人というイメージが強い女子だった。ぽわんとしていて、喋《しゃべ》ることも変わっている。ちょっと近づきがたいところがあって、クラスの女子たちからは常に距離を置かれていた。

だけど、ひとりでいても、いつも幸せそうな顔をしていたのを覚えている。二年になって見かけることは減ったけど、たまに合同授業で一緒になると、穏やかな顔で窓の外を眺めていたりする。

「二宮さんと何かあったの？」

二人に接点があったのは意外だった。いつも友達といるリサ。一人でマイペースな二宮さん。二人が一緒にいるところだって、見たことがなかった。

「下校の途中で、たまたま見かけたのがきっかけで」

リサはその日、部活が休みで早く家に帰っていたのだと言った。

リサの通学路は川沿いで、ときどき土手にあがったりするというのは聞いていた。開放的な眺めが好きで、ときには自転車から降りてゆっくり歩きながら帰る。

「土手って、スカイラインに似てると思わない？」

前にリサが言っていたのを思いだす。

彼女は家族でドライブに行ったときのことを楽しそうに話していた。細長い半島の先にある岬《みさき》には、山の尾根を通っていく。その途中、薄暗い森を抜けると、ぱぁっと一気に視界が開ける場所がある。左右のどちらを見やっても、群青色《ぐんじょういろ》の海、海、海。スカイラインの名にふさわしく、まるで空を走っているかのような気持ちになるらしい。

「土手もすごく似てるでしょ？　片側には町並みが広がってて、もう片側には黄金色に光る川と河川敷《かせんしき》が広がってて。道はまっすぐ空に向かって一直線。わたしの中では、土手も立派なスカイラインなの」

その土手で、リサは二宮さんに会ったのだという。

「うちの学校の制服を着た子がいるなって思って近づいてみたの。そしたら、二宮さんが土手の斜面に座ってて。彼女とはほとんど話したことがなかったんだけど、前は同じクラスだったし、そんなところで会うなんてって親近感が湧《わ》いてきちゃって。自転車を止めて近づいてったの」

リサは声を掛けたけど、二宮さんは手元を見つめて気がついていないようだった。

傍《そば》まで行くと、彼女の手にしているものが分かった。紫色のレンゲだった。

「二宮さんは体育座りした膝《ひざ》に顔をのせて、レンゲをじっと眺めてた。話しかけるのも躊躇うくらいだったけど、隣に座って、何やってるのって聞いてみた。彼女、全然驚いた様子も見せなくて、こっちを向いて、にこっと笑っただけだった」

リサは、もう一度、何をやっているのか尋《たず》ねてみた。

二宮さんは、ようやく返事をしてくれた。

「お花畑を眺めてるの」

「お花畑……？」

リサは困惑したらしい。

二宮さんの視線を追って、河原のほうに目をやった。

ゆるりと流れる川に、茂った雑草。グラウンドの野球少年たち。犬の散歩をしている人たち。

それくらいしか見つからず、花畑など、どこにもなかった。

想定内と言えば、想定内の答えだった。二宮さんは変わり者で有名なのだ。噓《うそ》か本当か分からないようなことを真顔で言うので、気味悪がる女子たちもいたほどだった。

ただ、リサはそんな二宮さんが嫌いじゃなかった。むしろ、女子にも男子にも媚《こ》びないスタイルに、密《ひそ》かに憧《あこが》れさえ抱いていた。

だからリサは、もう一回、今度は聞き方を変えてみたのだという。

「その……花って、どこの花のこと？」

「この中よ」

二宮さんは、自分の頭を指差した。

「えっと、頭の中ってこと……？」

「そう」

平然と頷《うなず》く二宮さんに、リサは呆気《あっけ》にとられてしまった。

でも次の瞬間、こんな言葉がよぎったらしい。

――頭の中がお花畑になっている――

それは風変わりな人を揶揄《やゆ》して使われるフレーズだ。誰かが二宮さんのことを、そう言って陰で嘲《あざけ》っているのを耳にしたこともあった。

だけどそれは、あくまで他人が使う比喩《ひゆ》に過ぎない。なのに本人が口にするなんて、いったいどういうことだろう。本当に、二宮さんの頭の中にはお花畑があるとでも……？

リサは即座に、まさかと思った。一方で、変わり者の二宮さんならありえるかもという妙な気分にもなっていた。

「……どうして二宮さんの頭の中には花があるの？」

やっとの思いで、リサは尋ねた。

「わたしだけじゃなくて、みんなにも咲いてるって、お母さんは言ってたよ」

「みんなにも……？」

「うん、誰の中にも花はあるの」

リサはどう返せばいいか弱った。

しばらくして、小声で聞いた。

「じゃあ、わたしの中にも……？」

「もちろん。枯れちゃってなければ、だけど」

お母さんから聞いたのだと、二宮さんは語りはじめた。

「人は誰でも生まれつき、頭の中に自分の花を咲かせてて。心を傾けるとそれが見えるようになってるの。でも、年をとって頭が固くなってくと、頭の土壌も一緒に固くなっていく。そうなると、せっかくの花たちも枯れちゃって、そのうち花が咲いてたことさえも忘れちゃうのよ。ときどき、赤ちゃんが空中をぼんやり眺めて何かを触ろうと手を伸ばしたりしてるけど、あれは頭の中でそよいでる花に触れようとしてるんだって」

リサは、自分のことに思いを馳《は》せた。

赤ちゃんだったときの記憶は残っていない。もちろん、自分に花が咲いていたなんてことにも覚えがない。それなのに、二宮さんの話を聞いて、なんだか懐かしい気持ちになっていた。

「頭の花は、こうやって摘《つ》めるの」

二宮さんは髪の毛を一本ぴんと張って引き抜いた。瞬間、彼女の指には紫色のレンゲがつままれていた。

リサは驚愕《きょうがく》して言葉に詰まった。でも、それと同時に確信した。彼女は作り話をしているわけではないのだと。

「二宮さんのレンゲを見てるうちに、忘れてた子供のころの思い出も急によみがえってきて」

リサは言った。

小学生だったころ、家の近くにはまだたくさんの田んぼが残っていて、春になると鮮やかな紫色が咲き乱れた。自分は妹と一緒に、それを摘むのに夢中になった。

田んぼのレンゲは、いくら摘んでもなくならない。

西日が差すころになると、二人は畦道《あぜみち》に座って集めたレンゲで花冠をつくる。オレンジ色の陽《ひ》を受けて、レンゲは少し色褪《いろあ》せて見える。できた花冠を妹と被《かぶ》せあい、童話の世界の王女さまにでもなったかのような気持ちになる。あの花冠は、金のティアラよりもよっぽど輝きを放っていた。

田んぼはその後、何年か経《た》ってアスファルトで埋められてしまった。だからレンゲ畑も、もうずいぶん見ていない。

リサは、昔は花に囲まれた生活をごくごく自然に送っていたんだなぁと思いだしたのだと語った。そして、曖昧《あいまい》になった小さいころの記憶のどこかに、もしかすると頭の中の花畑での思い出も埋もれているんじゃないか。そんな思いにとらわれたと話してくれた。

——でも、いまの自分の頭からは花が消えてしまっている——

その事実は、リサの心に影を落とした。

二宮さんは心を傾けさえすれば、いまでも花畑に行くことができる。少女だった、あのころと変わらない世界へ。何もかもが美しく見える、瑞々《みずみず》しい感性を持ったまま。

自分も、もう一度、昔みたいに花畑で思い切り遊びたい。

そういう気持ちが膨らんで、リサは二宮さんに聞かずにはいられなかった。

「枯れた花は、元には戻らないのかな……？」

二宮さんは少し考えたあと、こう言ったという。

「戻らないんじゃないかなぁ」

でも、と二宮さん。

「新しく咲かせることはできるみたいだよ」

「ほんとうに!?」

これも、お母さんから聞いたんだけど、と彼女はつづけた。

「固くなった頭を柔らかくしてあげて、良い土壌を整える。そこに種を蒔《ま》けばいいの。ポピー、ヒマワリ、シロツメクサ、何でも好きなものをね。わたしはずっとレンゲ畑のままだけど、中には自分で生まれつきの花を変えちゃう人なんかもいて。バラを咲かせて、女の人にプレゼントする気取った人とか。まあ、うちのお父さんがお母さんにしてることなんだけど」

「種を蒔くって、どうやって……？」

「イメージするの。柔らかくなった頭の土に、ひとつひとつ種を埋めてく感じで。想像する力があれば、誰でもできることだって。しばらくしたら芽が生えて、あっという間に花が咲く。頭が固くならなければ、そのままずっと咲きつづけるよ」

それを聞いて、リサは二宮さんの普段の様子を思い起こしたと言った。

変わった子という一言でみんな片づけているけれど、言葉をかえれば二宮さんは自分の世界をちゃんと持っている人だということだ。何にも縛られることのない自由な心を。子供のころには誰もが持っていた純粋な心を。だから周りの顔色を窺《うかが》ったりすることなく、幸せそうに毎日を過ごしているのだろう——。

ぼくに向かって、リサはつづけた。

「それに比べて自分は何してるんだろうって、いろいろ考えちゃって。周りに合わせて生きるのに疲れちゃったっていうか。もちろん、みんなとは仲良くしたい。だけど、なんだか中途半端になってる自分もいて。二宮さんの話を聞いて、もっとちゃんとしなきゃなぁって考えさせられたの」

「それじゃあ、花の世話をはじめたっていうのは」

ガーデニングなどではなかったのかと、ぼくは悟る。

「そう、頭の中の花の話。わたしも咲かせることができたの。自分の花を」

リサは穏やかに語る。

「二宮さんと別れたあと、どうすれば頭が柔らかくなるのか、いろいろと試行錯誤してみたの。想像力を豊かにする。口にすれば簡単だけど、具体的な話になると難しいでしょ？　発想力を磨《みが》くための本を読んでみたり、幻想的な物語に触れてみたり。日常の些細《ささい》なできごとに気を留めるように心がけて、自分なりに想像を膨らませる訓練をした。

それから、頭の中に種を蒔くイメージも持ちつづけたの。二宮さんにはレンゲ畑が広がってる。それじゃあ、わたしは何の花にしたいかなって考えた。自分が元気になれる花。こうありたいなって思う花。わたしにとって、それはどんな花なんだろうって。

頭の中にはっきり土がイメージできるようになったのは、何か月か経ってからだった。花が咲いたのは、さらに少したってから。

わたし、いま、ちょっとだけだけど毎日が幸せだって自信を持って言えるようになったの。その気になればいつでもお花畑で羽を伸ばせるし、ずっと春みたいな気分っていうか、心が弾《はず》んでる状態でいられるし。

だから、もしわたしが変わったのなら、間違いなく頭の中のお花畑のおかげだと思う。元をたどれば二宮さんのおかげだね」

奇妙な話だったけど、ぼくはリサの言うことを自然と受け入れていた。彼女の表情を見ていると、疑う気持ちは湧かなかった。

ぼくは尋ねた。

「それで、リサの頭の中には何の花が咲いてるの？」

「わたしは、これ」

リサは髪を一本抜いた。

途端にそれは黄緑色の茎を持つ、眩《まばゆ》い黄色の花に変わる。

「菜の花！」

独特の甘い香りが漂ってくる。潑剌《はつらつ》といった感じの花に、リサらしいな、とぼくは思った。

ちなみにね、と、リサは言った。

「頭の中が菜の花畑になってから、別の楽しみもできて。なんだと思う？」

「さあ……」

「花の香りに誘われるのか、ときどきやってくるようになったの。この子たちが」

リサは軽く頭を振る。

ぼくは、あっと息を呑《の》んだ。

髪飾りだと思いこんでいた白い蝶《ちょう》が、艶《つや》やかな黒髪をふわりと離れた。

身体《からだ》のバネ

部活ですか。ぼくが所属していたのはバスケ部でした。

自分で言うのも何ですが、こう見えて、高校のときはそれなりに名の知れた選手だったんですよ。

小柄なのにって、不思議そうな顔をしてますね。分かりますよ、いくら小さい身体《からだ》は小回りが利くからといって、バスケと言えばある程度の身長は求められるものですよね。NBA選手の平均身長なんて、二メートル以上ですからねぇ。ただ、それを補って余りある身体能力さえあれば、何とかやっていけるものなんです。

NBAの例で言えば、過去には百六十センチしかない選手もいましたし、代表格を挙げるとすれば、一番はやはりアレン・アイバーソンでしょう。かのマイケル・ジョーダンとも渡り合ったスーパースターですが、彼は百八十センチという身長で悠々とダンクを決めてしまうほどでした。身体のつくりが違うんでしょうねぇ。

かくいうぼくも、じつは身体のつくりが人とはちょっと違っていましてね。アイバーソンとはまったく別の意味で、なんですが、それでこの百七十センチほどの身長でも活躍できたというわけなんです。

母校のE高バスケ部はあまり強いチームではありませんでしたが、ありがたいことにぼくは素晴らしい仲間たちに恵まれました。いまでも正月になるとみんなで集まって試合をしたりするんですが、高校でバスケを辞《や》めてしまったぼくも、そのときばかりは昔のように夢中になって遊びます。

磨きあげられた体育館の板張りの床。きゅっきゅっと鳴るバッシュの音。きれいな弧を描くシュートの軌道。ゴールが決まったときのネットの音。

ああ、いいなぁと、想像するだけで身体が疼《うず》きだしてしまいます。うちの子供がもう少し大きくなったら、庭にでもゴールをつくって、ぜひバスケを教えたいものですね。

ぼくの身体は人とは違っていると言いましたが、生まれつきそうだったわけではありません。高校時代に自分でつくりあげたんです。

それまでのぼくは、身長は低いし特別な技術があるわけでもなく、ただのベンチウォーマーでした。小学校のミニバスでも、中学校での部活でも、活躍する選手たちをベンチから眺めては、羨《うらや》ましいなぁと思ったものです。

一応、ポジションはポイントガードではありましたが、ずっとレギュラーの練習試合の相手をするくらいだったので、悔しかったですねぇ。その気持ちが原動力となって、中学生くらいから、ぼくは毎日、部活のあともひとり残って練習したり、人知れず朝練に励んだりしはじめました。

練習の成果が花開きはじめたのは、高校にあがってからのことです。技術だけはそれなりのレベルになってきて、一年生ながらも少しずつ試合に出してもらえるようになっていったんです。

ただ、嬉《うれ》しさの一方で、ぼくの中には強い危機感もありました。身長の伸びはどうやら止まってしまったみたいでしたし、技術の面でもこれから周りがうまくなっていくのは明らかです。

なんとか同級生には追いつかれまい、そして上級生は早く追い越さねばと、練習以外でも様々なことをしてみるようになりました。筋トレはもちろん、サプリメントのことを勉強したり、NBAやストリートバスケの映像を見て研究したりしましたねぇ。

ですが、やがて絶望的な壁にぶつかりました。それが、身体のつくりの問題でした。トップレベルの選手たちの身体というのは、生まれつきモノが違うのだということを知ってしまったんですよ。

身長のことだけではありません。身体の柔らかさだったり、心臓の強さだったり。最終的には努力ではどうにもならない生まれ持っての力というのがあるのだと分かったとき、ひどく落ちこんだのを覚えています。

しかし、ぼくはなんとか悪あがきをしてやろうと考えました。きっとバスケへの熱に突き動かされたのでしょうね。いま考えると、よく根拠もなしにやったものだなぁと思います。

ぼくが取り組んだのは、肉体改造というやつです。どうしても手に入れたかったもの。それは、身体のバネでした。

よくプロのアスリートなどを指して、身体のバネが素晴らしい、などと言いますよね。バネのある人とない人ではジャンプ力や走力などが圧倒的に違ってくるんですが、まさしくぼくは、それが欲しくてならなかったんです。

肉体改造と言っても、筋トレなどは前からやってきていましたから、別の方法を探さなければなりませんでした。なんとかしてバネを身体の中につくることができないか、ぼくは真剣に考えました。

やがて単なる比喩《ひゆ》などではなく、身体の中に本物のバネをつくることはできないだろうかと、真面目《まじめ》に思うようになっていきます。そしてそれを実行すべく、具体的な行動をとってみることにしたんです。

ぼくはまず、一般的なバネそのものについて調べてみました。するとバネは、バネ鋼《こう》という、鉄と炭素からできた鋼《はがね》でつくられていることが分かりました。

そこでぼくは、鉄分を積極的に取るようにしてみました。レバーや干ぶどうなど、鉄が豊富な食事を心がけ、サプリメントでも補いました。それが身体の中の炭素と結びついてくれることを祈ったというわけです。バネ鋼には、どうやらマンガンやクロムなどの金属成分も必要らしいと知って、それらの摂取も意識しました。

どこまで効果があるかは分かりませんでしたが、熱湯に浸《つ》かって身体を熱してみたりもしました。鋼と言えば、熱を加えながらつくっていくという印象があったからです。なにしろ、身体にバネをつくった人の話など、どこにも前例がないんです。すべては手探りで試してみるしかありませんでした。

それだけではダメだろうと、身体への負荷の掛け方も工夫してみました。骨が弾力を得るようなイメージを持って、飛んだり跳ねたり。足腰だけではありません。上半身も含め全身がバネになるよう、あらゆる骨を意識的に縮め、伸ばす訓練を重ねました。
二、三か月は何も変わりがなかったんですが、ぼくは決して諦《あきら》めませんでした。諦めたら、そこで試合終了ですからね。

変化が現れはじめたのは、四か月ほど経《た》ったころでした。

練習のあと、何となく軽い気持ちでゴールに向かって飛んでみたんです。と、それまではゴールネットに触れるのがせいぜいだったのに、なんとリングに手が届いてしまったんですよ。

我がことながら、何が起こったのか、一瞬、理解できませんでした。周囲でモップをかけていた部員たちも、驚きの視線で見てきます。

ぼくは自分の全身をしげしげ見つめ、もう一度、今度は意識して思い切りジャンプしてみました。あろうことか楽々リングを摑《つか》めてしまい、両手でぶら下がることさえできたんですから、周囲でどよめきが起こりました。

床に着地すると、喜びを爆発させせました。

とうとうぼくは、夢にまで見た身体のバネを手に入れることができたんです。

一軍のレギュラーにすぐ抜擢《ばってき》されたのは言うまでもありません。高校生で、ましてやこの身長でダンクを決められる人間なんて、まずいませんからねぇ。

攻撃の面だけではありません。相手のシュートのブロックにも、バネは大いに役立ちました。リバウンドだって、センター顔負けの成功率です。

試合になるとボールが自《おの》ずと自分のところに集まってきて、一人で何十得点も荒稼ぎするようになりました。ぼくは瞬《また》く間に、業界注目のトップ選手の仲間入りを果たしたんです。将来のスター選手候補として、ときどきメディアにも取り上げられるほどでした。

ただ、だからと言ってチームが試合に勝てるようになったかというと、それはまた別問題だったのが悩ましいところでした。いくら一人が活躍しようとも、バスケはチーム競技です。自分が点を取った以上に相手が得点すれば負けてしまいますし、ぼくだって、コート上のすべてをフォローできるわけではありません。例に出すのはおこがましいですが、マイケル・ジョーダンの所属チームが必ずしも毎回勝てるわけではないことと同じでした。

それでもぼくは腐らずに、仲間たちと一緒に、ひたすらバスケに打ちこみました。時間はあっという間に過ぎていき、二年生になり、ついに三年生が引退するときがやってきました。

満場一致でキャプテンに選ばれたときには、感慨深いものがありましたね。

それからのぼくは懸命にチームを引っ張って、みんなも、こんなぼくにちゃんとついてきてくれました。

ぼくらのチームは、何度か県大会まで進みました。けれど、どうしても優勝することはできませんでした。そのころのぼくは和製アイバーソンなどと騒がれていましたが、どうしてもチームを勝たせることができず、歯がゆい思いだけが募っていきました。

そして、ぼくのバスケ人生を決定づけた、あるできごとが起こります。

いま振り返ると、前兆はたしかにありました。何となく膝《ひざ》のあたりが変だなぁと、少し前から自分でも感じていたんです。ただまあ、よくある成長痛かなぁと軽く考えるくらいでした。

が、三年生にあがってすぐ、放課後に練習していたときのことでした。シュートをしようとジャンプした瞬間に、膝に鋭い痛みが走ったんです。

ぼくは床に転倒して、膝を抱えこみました。必死に堪《こら》えようとしたんですが、激痛に呻《うめ》いてしまいます。心配した部員が駆け寄ってきてくれて、そのままぼくは救急車で搬送されていきました。

レントゲンの結果を見た瞬間、絶望感に打ちひしがれました。ぼくの脚は、膝のあたりでぽっきり折れてしまっていたんです。

病院の先生はしきりに首をかしげながら言いました。こんな折れ方は初めて見た、と。しかも、です。レントゲンに写る骨が、普通の人のものとは違って真っ白だということでした。

ぼくは手術を受けることになり、無事に終わったあと、先生からこう言われました。きみの骨は、全身なぜかカルシウムではなく金属に似た成分でできている、と。それもどうやら、バネのごとく弾力に優れたものであるらしい、と。

先生は手術前の精密検査の段階で、金属を研究する学者にも確認してみたのだとつづけました。

きみの膝はただの骨折ではなく、明らかな金属疲労ということだった。だから折れたところは町工場の職人さんに来てもらい、溶接技術でくっつけた。こんな手術は初めてだ……。

もちろん、ぼくには思い当たる節がありました。それまで肉体改造の効果はバスケを通じてしか感じることができませんでしたが、医者や学者の目によって、ちゃんと確認されたわけです。

そして最後に、先生は言いにくそうに告げました。

もう、元の通りに競技することは難しいと思う。溶接箇所はさることながら、他のところも、負荷を掛けつづければいずれは金属疲労を起こすことになるだろう――。

無念という言葉に尽きました。ぼくは高校最後の試合を前に、バスケ人生を強制的に終了させられたんですよ。コートの上ではなく、病院のベッドの上で。

もちろん、自分ひとりだけの問題ではありません。部員のみんなも、相当ショックを受けたようでした。一応、キャプテンでありエースでもあるぼくが、突然いなくなったんですから。

だから、彼らの気持ちを慮《おもんぱか》ると、なかなか塞《ふさ》ぎこんでばかりもいられませんでした。

退院すると、ぼくは何とか自分を奮い立たせて、すぐに体育館に戻りました。プレーヤーとして役に立つことはできませんが、コートの脇からみんなを鼓舞《こぶ》することくらいはできますからね。エースではなくなってしまいましたが、チームを代表するキャプテンとして、みんなを支えられるようがんばりました。

最後の大会でチームは県大会にも行けず負けてしまいましたが、いまでも後悔は微塵《みじん》もありません。肉体改造に乗りだしたことも、決して間違いではなかったと思っています。結局バスケはできない身体になりましたが、バスケを辞めても、かけがえのない仲間たちと彼らとの大事な思い出は、ちゃんと残りましたから。

高校を卒業してもう十何年が経ちますが、いまだにぼくらは仲の良いままです。特に毎年正月に彼らとバスケに興じる時間は、ぼくにとって何にも代えがたいものですね。

なんだか少し湿っぽい話になってしまって、すみません。部活の話になると、ついつい喋らずにはいられなくなってしまうのが悪い癖で。

ええ、そうです。もちろん、いまでもぼくの身体はバネになったままですよ。

日常生活ですか？　ご覧のとおり、幸い普通の人と変わりませんねぇ。

もっとも今後、年を取っていってからは、良い意味でまた違ってくるのではないかと思っています。ぼくの身体は強靱《きょうじん》な鋼の骨に支えられているわけですし、その骨が脆《もろ》くなることもまずないでしょうからね。高校時代の肉体改造は、長い目で見ると成功だったと言えるんじゃないかなぁと思っているところです。

そうだ、すっかり忘れていましたが、ひとつだけ、いままさに重宝していることがありました。この身体のおかげで、子供がしきりにぼくと遊びたがりましてねぇ。

ほら、ぼくは全身がバネになっていると言ったでしょう？　あばら骨も、例外ではないんです。

ぼくがソファーで横になったりしていると、うちの子供はすぐ寄ってきます。

そしてぼくの胸に乗っかって、トランポリンみたいにポンポン弾んで遊ぶんですよ。

船を漕《こ》ぐ

E高で社会科を教えるベテラン教師、藤村《ふじむら》先生には長いあいだ悩みがある。

授業中に、生徒たちが眠りについてしまうのだ。

同じ悩みを抱える隣の高校――S高の社会科教師、玉井《たまい》先生とは、顔を合わせるたびにくたびれた笑顔を浮かべ合う。

「若い子は、思うようにはいきませんねぇ」

「ほんとうに、なかなかですねぇ」

そんなことを言いながら立ち話をしたりするのだが、いつまで経《た》とうが、どうにも解決策は見えてこない。

藤村先生は新年度が来るたびに、今年こそはと一人意気ごむ。

いろいろと工夫をせねばと思い立ち、ある年はこんなことを口癖にしてみた。

「いいですか、ここを今度のテストに出しますからね」

少し口調を強め、繰り返す。

「みなさん、ほら、ここをですね……」

しかし、他教科では絶大な威力を発揮する魔法の呪文《じゅもん》も、先生の授業では無効であった。誰《だれ》も反応しないのだ。

なぜなら、藤村先生の専門は現代社会。ほとんどの生徒が受験科目として選択していないのである。

生徒の気持ちを考えると、藤村先生も、そりゃそうだよなぁと思わなくもない。自分が高校生だったころを思い起こすと、たしかに授業中よく居眠りをしていた。ただでさえそうなのに、受験にいらない教科となると、眠たくなっても仕方がない。

ましてや、効率ばかりを重視しがちなこのご時世だ。不要なものは切り捨てよ。最短ルートで攻略せよ。たしかにそれも大切だろう。人生に無駄なものなど存在せずとも、優先順位というのはある。いますぐ必要でないことをやるよりも、限られた資源の投資先を絞《しぼ》るほうが利口だという考え方も理解できる。

でもだからこそ、と藤村先生は考える。

生徒たちには広い視野を持って勉強というものに取り組んでほしいのだ。目先の利益だけでなく、余白を楽しむ余裕を持つ。人生は長い。勉強は受験のためのものではなく、人生をより豊かにするためのものである。そのひとつの科目として、社会科の授業にもちゃんと向き合ってほしい……。

そのことを、先生は訥々《とつとつ》と生徒たちに訴える。

が、若者たちにそんな話が響くはずもなく、むしろ睡魔を助長するものでしかない。藤村先生が演説している間にも、彼らはひとり、またひとりと、こくりこくりと眠りはじめる。

そのうちクラス全員が眠ってしまい、藤村先生はぽつんと孤独の時間を迎えるのがオチであった。

中には、なんとか眠りに落ちまいと、白目を剝《む》いてがんばっている生徒もいるにはいた。だから、そんな生徒を目にすると藤村先生は思ってしまう。

悪いのは生徒たちではない。自分の授業がダメなのだ、と。

ただ、だからといって、解決策は浮かびやしない。結果、毎年ずるずると同じ状況に陥るのだった。

ある年のことである。

藤村先生を、さらに悩ませる事態が発生した。

その年、藤村先生の受け持ちは一クラスだけだった。先生は、その分、目の前の生徒に全力を注ぐことができるなと嬉《うれ》しく思っていた。

今年こそは、寝る間も与えぬ目の覚めるような授業をするぞ――。

しかし、現実は甘くなかった。蓋《ふた》を開けてみると、生徒たちの反応は例年通り。授業が開始すると同時に、みんなこくりこくりと眠りだす。

それどころかだ。信じられない現象が藤村先生に襲いかかることとなった。

最初はひとりの男子生徒からだった。その彼は、突然、授業中に教室内を移動しはじめたのだ。

先生はあんぐり口を開けた。

というのが、生徒は立って歩きはじめたというわけではなかったからだ。どういう仕掛けか、座ったままの状態で、後ろ向きに椅子《いす》ごとすぅーっと床の上を滑りだしたのである。

藤村先生は混乱しつつも、状況を把握しようと努力した。

生徒は足で床を蹴《け》っているわけでもなければ、誰かに引っ張られているわけでもなかった。あくまで眠りに落ちたまま、机の間を移動していた。

「これはいったい……」

その姿は、まるで見えないオールで船を漕《こ》いでいるようだった。

と、藤村先生の頭にある言葉がよぎった。

こくりこくりと居眠りするのを、船を漕ぐ、というではないか。もしかして、いま生徒は、まさしく眠りながら船を漕ぐように移動しているのではないだろうか……。

ひとり考えているうちに、生徒はやがて自分の席に戻っていった。そして、ハッと眠りから覚めて、何事もなかったかのように前を向いた。

藤村先生は頭を抱えながらも、こう思った。

きっと悪い夢を見ただけだ。錯覚に違いない……。

そう自分に言い聞かせ、誰も聞いていない授業を再開したのであった。

次の授業のときからだ。同じような生徒が増えたのは。

授業開始と同時に、生徒たちはすぐ眠りにつく。その様子を見守りながら、藤村先生は前回のことを思い起こして身構えていた。

すると案の定、しばらくすると前と同じ生徒がこくりこくりとやりはじめ、教室の中を移動しだした。

錯覚などではなかったのだ。

そしてそれを機に、ほかの生徒も床を滑りだしたのである。

椅子に座ったままの状態で。

後ろ向きに、船を漕ぐがごとく。

「ちょ、ちょっと、みなさん起きてください！」

あっちでもこっちでも船を漕ぎだすものだから、先生は堪《たま》らず生徒たちに注意した。起こせば元に戻るのでは。そんな期待を抱きながら生徒たちに近づいたが、彼らはするりと先生をかわす。そうこうしている間にも、次々と生徒たちは船を漕ぎだす。

うろうろする彼らに囲まれ、藤村先生は呆然《ぼうぜん》と立ち尽くした。

全員を起こして回るなんて、到底無理だ……。

「……授業をつづけます」

すっかり気力を失った先生は、何とかそう呟《つぶや》いて見て見ぬふりで黒板に向かうので精一杯だった。

それからも船を漕ぐ生徒は増える一方で、やがてクラスの全員が、こくりこくりと船を漕いで動き回るようになってしまった。

そのうち、廊下にまで出はじめた。

「ま、待ちなさぁいっ！」

生徒たちは椅子の角で器用に扉《とびら》を開けると、どんどん外へと漕ぎだしてゆく。

藤村先生は焦って彼らを追いかけた。が、生徒の漕ぐスピードは速く、あっという間に置いていかれる。息を切らして膝《ひざ》に手をついていると、あとから出てきた生徒にぶつかられて、つんのめる始末である。

先生はとぼとぼと教室に戻ったが、もはや誰もいなかった。

さすがの藤村先生も、伽藍堂《がらんどう》の教室で授業をつづける気にはなれない。

これはもう、彼らを捕まえに行くしかないのだろうな……。

諦《あきら》め混じりに、藤村先生は教室を出て生徒たちを追いかけはじめた。

生徒たちは階段をするする滑り降りていき、四方に散る。

運動場にテニスコート。駐車場に駐輪場。

まるで鬼ごっこの鬼にでもなったかのような心境だった。

追いかけながら、藤村先生は他クラスの先生や生徒たちともすれ違った。

誰か助けて……。

そんな目線を送ってみたが、虚《むな》しく終わるだけだった。彼らは関《かか》わり合いになりたくないと言わんばかりの変な目で見てくるのみ。ただ一人、用務員のおばさんから「大変ですねぇ」と声を掛けられたくらいだった。

やがてチャイムが鳴ったころ、息も絶え絶えで渡り廊下を彷徨《さまよ》っていた先生に、どこからか声が聞こえてきた。

「藤村せんせー、何してるんですかぁーっ！」

見ると、逃げたはずの生徒たちが教室から顔を覗《のぞ》かせ手を振っているではないか。

先生は呆気《あっけ》にとられる。

急いで戻ると、全員が席に着いていた。

「き、きみたち、いつの間に……？」

その質問には答えない。

「せんせー、チャイム、鳴りましたよぉー、まだ終わらないんですかぁー」

困惑しながらも、藤村先生は反射的に口を開く。

「ご、号令をお願いします」

起立、礼、ありがとうございました。

「ありがとうございました」

何がありがたかったのか自分でもよく分からないまま頭を下げて、先生は社会科準備室へとすごすごと引き下がったのだった。

ひとりになって、藤村先生は考えた。

生徒たちが教室を出ていってしまうのは、非常に困る問題だ。

しかしそもそも、いったいどうしてこんなことが起こるようになったのだろう……。

彼らは明らかに眠っている。となると、あれは夢遊病の一種だろうか。そう思い、藤村先生はパソコンを立ち上げ調べてみた。しかし、そんな症状のことなどは、どこにも載っていなかった。

もしかして、これは新しい病気なのではなかろうか。

現代では、生徒たちにかかるストレスは昔の比じゃない。受験に対する親や学校からの過度なプレッシャー。それから逃れたい一心が無意識のうちに未知の力を働かせ、漕ぎだすという行為を引き起こしているのではないか……。

先生は思い悩んだ。

強引な手段を選ぶなら、生徒たちを止められなくはない。船となる椅子は机に繋《つな》いでおけばいいのだし、扉だって鍵《かぎ》を閉めておけばいいだけなのだ。

だが、本当にそれでいいのだろうか。止めることがかえって深層心理での負担になって、もっと大変なことに発展しやしないだろうか……。

ええい、と、藤村先生は心を決めた。

短絡的にダメだと切り捨てるのではなく、ありのままの彼らを受け入れ、活《い》かす方法を考えてあげるのが教師の役目というものじゃないか。

そして藤村先生は、あることを思いつく。

あれを使って、ああしてみるのはどうだろう……。

次の授業のとき、生徒たちが船を漕ぎはじめると、先生は懐から用意していたものを取りだした。

ぴぃいっ、と教室に音が響く。

笛である。

「みなさん、いいですかぁーっ！」

ぴぃいいいいっ！

体育教師さながらに、藤村先生は音を出す。

笛を咥《くわ》えたまま、先生は生徒たちの反応を窺《うかが》った。

静寂《せいじゃく》が流れる——。

次の瞬間、先生は心の中で快哉《かいさい》を叫んでいた。統制がとれずバラバラに船を漕いでいた生徒たちが、ゆっくり動きを止めたのである。

それを見るや、先生は立てつづけに笛を吹いた。

ぴぃいいいっ！

「みなさん、こっちですよぉーっ！」

廊下に出て、先生は、ぴっぴっ、ぴっぴっと、行進のようにリズムよく音を鳴らした。

生徒たちは、船を漕ぎながら先生の前に列をなしてつづいてゆく。

ぴっぴっ。

ぴっぴっ。

藤村先生は、生徒たちを引き連れて先頭を歩いた。

行き着いた先は、運動場だ。

先生は足で地面に線を引くと、生徒たちをその前へと誘導した。

「みなさん、四人一組でこの線に並んでください。私の合図で、スタートです！」

ぴぃぃぃっ！

藤村先生が笛を吹くと、一列目の生徒たちは見えないオールで何かをとらえ一斉に船を漕ぎだした。そして、互いに競うように運動場を滑ってゆく。

ぴぃぃぃっ！

次のグループが漕ぎはじめる。

ぴぃぃぃっ！

生徒たちは力強く飛びだしてゆく。

藤村先生は、こう考えたのだった。

せっかく船を漕ぐのなら、いっそボート競技のように競わせてみてはどうだろう、と。

その目論見《もくろみ》は、見事に成功したわけだ。

漕ぎ終わった生徒たちは列の最後尾に並び直し、順番を待つ。また自分の番が回ってくると、合図とともに線の向こうへと漕ぎだしてゆく。それを何度も繰り返す。

授業が終わるころになると、先生は再び笛を鳴らして生徒たちを整列させた。そして教室まで引率すると、ぴっ、ぴっ、ぴぃぃぃっ、と、各々を自分の席に落ち着かせた。

チャイムが鳴った。

催眠術が解けたように、生徒たちは一斉に目を覚ます。その表情には心地よさそうな疲労感が漂っていて、ストレス発散につながったのは明白だった。

藤村先生は、初めて経験する充実感に痺《しび》れていた。自分の授業が生徒たちの役に立った……なんだか感慨深いものすらあった。

一方、眠っていた生徒たちは何も覚えてはいない。自分たちが船を漕いでいることはおろか、互いに競い合っているだなんて知りもしない。だから、妙にすっきりした気持ちになりながらも、満足げに教室をあとにする藤村先生を怪訝《けげん》な目で見送るだけだった。

それからは、授業そっちのけで船を漕ぐための時間となった。

社会科の授業がおろそかになることに疑問を抱《いだ》かなかったといえば、嘘《うそ》になる。ただ、人生は長いのだ。こういった経験が、後々大切になるのである。形は違えど、やっていることの本質は社会科を教えることと同じ。すべては人生を豊かにするためなのだ。

先生の船漕ぎへの熱は、日増しに強くなっていった。

そのうち藤村先生は、補習と称し生徒たちを放課後に呼びだすようになった。無論、船を漕がせるためだ。それが生徒たちのためになると、藤村先生は考えたのだ。

何も知らない生徒たちは、当然、面倒くさがった。ただ、補習それ自体を疑いはしなかった。現に、テストの点数は低いのだ。補習という錦《にしき》の御旗《みはた》を掲げられると、逆らえない。

生徒たちは、補習が開始すると同時に眠りにつく。先生は船を漕ぎはじめた生徒たちを引き連れて、放課後の学校をうろついた。使われていない場所を見つけると、笛を吹いて整列させ、ボート部のように競わせる。

日を追うごとに、生徒たちは船を漕ぐのが明らかにうまくなっていった。こくりこくりとやりながら、凄《すご》いスピードで滑るのだ。藤村先生は生徒たちを褒めてやりたくなったけれど、当の本人たちは覚えていないのだから、ひとりで喜びを嚙《か》みしめた。

こうなると、欲が出てくる。

彼らがもっと速く漕げるようになるためには、どうすればいいだろう。

藤村先生はボート競技の本を買って勉強した。

どうやら、背筋を鍛えるのがいいらしい。そう分かると、先生は社会の問題集の宿題を取りやめて、筋トレ帳を生徒に配り背筋を鍛えるよう促した。生徒たちは不審がりながらも、退屈な宿題よりはマシだと筋トレに励んだ。

必然的に、彼らのタイムは伸びていく。

本物のボート部にも劣らぬ速さになるまでに、そう時間はかからなかった。

「もっとうまくなるには、どうすればいいだろう……」

もはや部活の顧問のようなことを、藤村先生は日々考えるようになっていた。

「トレーニング以外に、何かいい方法はないものか……」

閃《ひらめ》いたのは、ある日のことだ。放課後、社会科準備室で考えを巡らせている最中に、ふと思いついたのだ。

いまはクラス内で競っているだけだから、どうしても馴《な》れあいになりがちだ。ならば外の空気を取り入れて、刺激を与えてあげればいい——。

練習試合だ！

先生は心の中で大きく叫んだ。

でも、と、瞬間的に思う。

試合をすると言ったって、いったいどこの誰と対決すればいいのだろう……。

しばし考えたあとで、あっ、と藤村先生は声をあげた。

うってつけの人物に思い至ったのである。

勢いのまま、先生は携帯電話を手に取った。

そのときだ。

ふと窓の外を見た藤村先生の目に、思いがけない光景が飛びこんできた。

どうやら彼《か》の人物も同じ現象に悩まされ、同じ結論に辿《たど》りついていたらしい。

S高の社会科教師、玉井先生が、船を漕ぐ生徒たちを引き連れて門を入ってくるのが見えた。

ロケットに乗って

準備ができたことを互いに目で確認しあうと、一斉に夜空を見上げる。

ポケットからマッチ箱を取りだして、今宵《こよい》、おれたちは宇宙を目指す――。

夏が近づくにつれて心がざわつきはじめるのは、なぜなのか。

春も秋も冬も同じ季節のはずなのに、夏だけは、持っていきどころのない切なさに襲われる。

高校の夏は、あっという間にやってきて、瞬《また》く間に過ぎていく。

入学した直後だと、まだ三回もあるんだからと自分に言い聞かせて納得する。

それが二年にあがると、あと二回。

三年になると、あと一回。

カウントダウンされるにつれて、焦燥感にも拍車がかかる。

二度と戻らない、高校時代。

その最後の夏が、もうすぐやってこようとしていた。

進学校であるE高は、夏休みにも補習が目一杯詰まっている。まだまだ実感の湧《わ》かない受験という漠然《ばくぜん》としたものに向かい、先生たちから尻《しり》を叩《たた》かれ勉強する。

そんなだから、遊びに行くヒマなんて到底ないと先輩からは脅されていた。

けれど、一年のときからつづいている学校帰りのあの夏の遊びだけは、今年もやると決めていた。

石手川《いしてがわ》の河川敷で行う花火の会。それぞれ好きな花火を持ち寄って、まぜこぜにして遊ぶのだ。

揺らめく蠟燭《ろうそく》。火薬の匂《にお》い。

おれたちは闇《やみ》にひらめく閃光《せんこう》で、過ぎゆく夏になんとか爪痕《つめあと》を残そうと試みる。そんなことはできやしないと分かっていながら、悪あがきをするのである。

毎年楽しみにしているのが、Tという友達の持ってくる花火だ。実家が花火屋ということで、いつも変わった花火を持ってくる。

凄《すご》い凄いとみんなで騒ぐと、Tはいつも照れ臭そうな顔をする。

「うちの親父《おやじ》は、こんな変なのしかつくれなくてさ」

一年生のときの夏、Tはネズミ花火を持ってきた。

火花を勢いよく散らしながら、シュルシュルと猛スピードで円を描く……それは普通のネズミ花火の場合である。

Tの花火は火を噴きながら、チュウチュウチュウと本物のネズミさながらの音を出す。その火はなかなか収まらず、素早くあたりを駆け回る。

独特の獣の臭《にお》いを撒《ま》き散らすから、しばらくすると野良ネコたちが集まってくる。ネコは花火を捕まえようとするものの、花火はするする逃げてゆく。そして散々からかった頃合いで、煙に巻くように一瞬にして消えるのだった。

またあるときは、変わった線香花火を持ってきた。

「なぁ、Tの花火、おかしくない……？」

おれは目をしばたたかせたのを覚えている。

「いや、これはこういう花火で」

Tの手にした線香花火の先からは、火花が赤く鋭い分岐となって散っていた。けれど、それは宙で消えることなく地面に達し、マキビシのような形で次々と転がっていくのである。

踏めば痛そうだなと思っていると、Tは言った。

「この線香花火は、見て楽しむだけじゃないんだよ」

「どういうこと？」

「つまめるんだ。ほらっ！」

虫の死骸《しがい》を投げる小学生のごとく、Ｔは火花を投げてよこした。

「あっつ！」

火花は腕に命中し、ひっつき虫のようにくっついた。

おれは慌てて払いながらも、なにするんだよと言って笑う。

ほらほらほらと、Ｔは立てつづけに火花をあたりに投げ散らす。うわぁと、みんなで逃げ回る。中には落ちた火花を手に取って、Ｔに投げ返すやつもいる。

「あつい、あつい」

投げ合ううちに、火花の色は薄くなって、そのうち闇とひとつになる。すると騒ぎも収まって、あたりは静寂に包まれる。湧いてきた侘《わび》しさを誤魔化《ごまか》すように、おれたちは新たな花火を手にして騒ぐ。

二年のときの滝花火にも驚かされた。

「まあ、見てて」

そう言うと、Ｔはみんなから少し離れて花火の先を蠟燭に寄せた。

しゅぅっと音がしたかと思ったら、火花がごうごうと滝のように落ちはじめた。あたりは強い光に照らされて、みんなの顔が赤く映える。

落ちた火花は次第に地面に溜《た》まっていって、やがて真っ赤な滝壺《たきつぼ》が現れた。

そのときだ。何かがそこから跳ね上がった。

「魚だ！」

誰かの声に、Tは答える。

「うん、鯉《こい》だよ」

小さな緋鯉《ひごい》は、しばらくの間、滝壺の中で跳ねていた。

と、次の瞬間、流れ落ちる滝に向かってジャンプした。

そしてついに、鯉は滝を昇りはじめる。

おれたちは食い入るように、それを見つめる。

鯉は滝の勢いに押されながらも、着実に上へ上へと昇っていく。

やがて天辺《てっぺん》に辿《たど》りついたと思った刹那《せつな》――鯉はぐにゃりと形を変えて、赤い龍へと変貌《へんぼう》した。

龍は宙に浮かんでとぐろを巻いた。そして、ひゅぅっと一直線に空へと去った。

視線を戻せば滝はすでに消滅していて、残像だけが浮かんでいた。

Tは楽しそうに笑っている。

「俗に言う、鯉の滝登りだよ」

そんなTが、高校最後の夏に何を持ってきてくれるのか。時期が近づくにつれ、みんなの期待は自《おの》ずと高まっていった。

花火の会の決行日は、補習の予定表を睨《にら》みながら夏休みに入る前に決められた。

そしてお盆を間近に控えた、その日。ついに会が開かれた。

肝心のTは一度家に帰ると言ったまま、なかなかやってこなかった。

仕方なく、おれたちは市販の花火で遊びはじめた。

石手川は、うっすら闇に包まれている。対岸の家々には黄色い灯《あか》りがともりだし、川はせせらぎひとつだけとなる。

補習と大量の宿題を考えると、おそらく今日がこの夏、最初で最後の花火だ。賑《にぎ》やかな空気の中にも、どことなく儚《はかな》さが漂っているのを肌で感じる。みんな同じことを思っているのは明白だ。

いまこの時に、なんとか留《とど》まることはできないか。

時間を止めてしまうことはできないか。

しかし同時に、そんなことは叶《かな》わないのも分かっている。分かっているからこそ、おれたちは闇夜に花火を咲かせつづける。

応じるように花火は閃《ひらめ》き、突き放すように消えてゆく。

「ごめんごめん、準備してたら遅れちゃって」

Tはなぜだか、川のほうからやってきた。

「準備って？」

一斉にみんなで尋ねるも、Tは笑うばかりである。

「まあ、それは追々。まずは、これを見てほしいんだ」

Tは手にしていた何かを差しだした。

「ロケット花火……？」

頷くTに、おれは思う。

見た目は普通のロケット花火だ。でも、Tの花火であるからには、何か変わったところがあるのだろう。それはいったい、どこなのか……。

「いくよ」

Tは対岸に向かってロケット花火をセットした。導火線に火をつけて、じっと待つ。

ひゅんと音がすると同時に、花火は勢いよく放たれた。

放物線を描きながら川に落ちる――みんなそう思いこんでいた。

ところがだ。花火は落ちるどころかぐんぐん軌道を上げていって、夜空に向かった。驚く間もなく、あっという間に見えなくなった。

「消えちゃった……」

誰かが呟《つぶや》く。

Tはおもしろそうな口調で答える。

「消えたんじゃないよ。行ったんだ、宇宙にね」

「宇宙？」

声を揃《そろ》えて、みんなが尋ねる。

「そう、あれは本物のロケットみたいなものなんだよ。あのまま雲を突き抜けて、地球を離れて宇宙に向かう。そしていつかは――星になる」

みんな、Tの言葉に引きこまれる。

「それで、本題はここからで。いまのは遊び用のものなんだけど、なんとか親父に頼みこんで、人が乗れる特注品のロケット花火をつくってもらって。準備してたのは、それなんだ。あっちのほうに」

Tが川のほうから来た理由が、ようやく分かった。

「おれは今夜、それで宇宙に行こうと思ってる。もし興味があれば、みんなもどうかな？」

Tはあくまで控えめだった。

全員の答えは、確認するまでもなかった。

おれたちは我先にと身を乗りだして、Tの提案に乗っかった。

川のほうに近づくと、巨大なロケット花火が闇に紛れて並んでいた。

Tはマッチ箱をみんなに配った。

「乗り方は、こうだよ」

魔法使いさながらに、ひょいとTはそれに跨《また》る。おれたちも同じように目の前のものに跨った。

みんなの興奮が伝わってくる。

去りゆく夏に、ささやかな爪痕を残すべく。

時計の針を止めるため。

「みんな、ちゃんと摑《つか》まった？」

一斉に影が頷《うなず》いた。

「それじゃあ、マッチを手に持って……」

一拍置いて、Tは叫ぶ。

「着火！」

それぞれの太い導火線に火が移る。
煙が上がり、じわりじわりと昇ってくる。
大気圏など、きっとすぐに突き抜けるだろう。
おれの心は、すでに宇宙だ。
火薬の匂いが鼻をつく。
眩《まばゆ》い星々に照らされた、無限の世界へ——。
おれたちは今宵、太陽系から脱出する。
そしてやがて、みんなで夏の星座を成す。

椅子男

男は、E高の体育館で生活をしている。もっとも、勝手に出入りしているわけではない。E高専属の人材であるからだ。

男は十年ほど前に椅子《いす》専門学校を卒業した。多くの同期たちとは異なり、男は就職先を見つけるのに苦労した。就職率九十七パーセント以上の学校で、残りの三パーセントに入りかけてしまったのである。

東京での職を探したが、なかなか見つけることができなかった。そこで地元に帰り就職活動を行って、なんとか母校での職にありついたのだった。

男の寝床は体育館の壇の下、収納スペースの中である。もちろん仕事のときだけ通ってくる形でもよいのだが、高校からの無償提供で家賃が掛からず、通勤時間も実質ゼロだ。断る理由がなく、新卒時から彼はずっとそこに住みつづけてきた。

「なるほど」

と、私は言った。

「それで、いまに至るわけですね」

男の仕事は椅子である。俗に言う椅子男だ。彼らの記事を書くために、私が知り合いを辿《たど》って取材を申し込んだのが、この男だった。

「専門学校では、どのようなことをされていたんでしょう」

手帳にペンを構えつつ、私は尋ねた。

彼は慣れない取材に最初は戸惑っていたようだが、次第に落ち着きを見せはじめていた。

「訓練の毎日でした。ひたすら教官の指示通りにメニューを消化する日々です。挫折《ざせつ》する人間も少なくありませんでしたねぇ。就職率が高いのは、それだけ優秀でない生徒が途中で辞めていくからです。おそらく、内容だけ見ると軍隊に匹敵するほど過酷でしょう」

何十キロの重りを担ぎ、様々な種類のスクワットや腹筋などを繰り返すのが基本なのだと男は語った。寮では、栄養管理の行き届いた食事が出される。入学してしばらくすると脚はパンパンに膨《ふく》れあがり、腹筋はバキバキに割れていく。そうして常人とは比較にならないほどの強靭《きょうじん》な肉体を築いていくのだ。

訓練により、彼らは空気椅子をした状態のまま、長いあいだ同じ姿勢を保ちつづけられるようになる。さらに訓練を重ねていき、自身の脚に人を座らせられるようになれば、ようやく椅子男としてのスタートラインに立つことができるのである。

「椅子男を目指そうと思われたきっかけは？」

彼は答えた。

「子供のころ、祖父母の家に優秀な椅子男がいたんです」

その家庭用の椅子男――通称、安楽椅子男と呼ばれるたぐいの人物は、いつも祖父母の身体を柔らかく包みこみ、二人に何にも代えがたい安らぎの時間を与えていた。男もときどき座らせてもらい、子供心に不思議な安心感を覚えたものだった。

「たしかにテレビの中のヒーローなんかと比べると、椅子男なんて地味でした。でも、地味なんですが、彼に座ると、ありとあらゆるものから守られているような、深い落ち着きを得ることができるんです。私にとっては、彼こそがヒーローでした。いつも優しく穏やかだった私の祖父母も、あの椅子男から心の余裕をもらっていたに違いないと思っています」

その憧《あこが》れは男の中で抑えられないほど膨らんでいき、次第に自分の目標となっていった。

「その彼は、いまもずっと？」

「いいえ、祖父母が亡くなって家を処分するときに、旅立っていきました。彼なら、どこの家に行ったって喜んで迎えられたはずです。きっといまもどこかで、誰かにとっての癒《いや》しの存在となっていることと思います」

男は複雑な笑みを浮かべていた。

それを見て、おこがましくも、私はなんだか彼の心情が少しだけ分かるような気がした。心の中でなお輝きつづける憧れの人と、自分自身とを比較しているのではないだろうか。そんなことを思ったのだ。

やはり、というべきか、男は言った。

「私は誰《だれ》かの癒しになりたくて、この世界に入ることを決めたんです。ですが、ね。いまの境遇を考えると、なんとも言えない気分になりますよ」

慰めの言葉を掛けることは容易《たやす》かった。

が、私は黙って受け止めた。

男はつづけた。

「私にとっての檜舞台《ひのきぶたい》は、せいぜい学校行事の式典くらいのものですからねぇ。来賓席を任されれば、御の字ですよ。ほかはだいたい、保護者会の座席です。仲間たちと一緒になって、この体育館にずらりと並ぶ。そして、ぞろぞろ入ってくる保護者たちを迎えるんです。

彼らは私たち椅子になど、ほとんど興味を示しません。別に、ちょっとのあいだ腰掛けるだけなんですから、何だっていいのでしょう。私たちにアイデンティティーなどというものは存在しないんです。いえ、そんなものを抱えてしまうと、この職場ではやっていくことができないんですよ。

実際、ここのところずっと退屈だとこぼしていたやつがいたんですがね。先日ついに人を座らせたまま、貧乏ゆすりをしてしまったんです。保護者は激怒しましてね。校長を出せと騒ぎはじめて、そりゃもう大変でした」

「その彼は……」

「クビですよ」

男は感情をこめずに言う。

「私たちのようなランクの椅子では、転職先を探すのにもひと苦労ですからねぇ。バカなことをしたものです」

ランクという言葉を聞いて、私は手元の資料に目を落とす。そこには、取材候補にあがっていた他の椅子男たちの簡単なプロフィールが書かれてある。

椅子男の就職先は様々だ。

この男のように学校に就職する者もいれば、デパートや百貨店の休憩用の椅子になる者もいる。体重の軽いやつはアウトドア用の折り畳み椅子になり、釣り場やキャンプ場で活躍する。

エリートコースと言われるのは、車や電車、新幹線の椅子である。高級車の椅子に抜擢《ばってき》されれば、一生、職歴だけで食っていけるほどだという。そういうエリート椅子男を載せた車に乗る人物もまた、社会的に地位ある者と見られる向きがあるようだ。

私は、失礼にあたらないよう慎重に言った。

「ほかの職場については、どう思われますか?」

男はしばし考える様子を見せたあと、口を開いた。

「人は人、自分は自分と考えるようにしています。人と比較しても何にも生まれませんからねぇ。

ですが、夜な夜な仲間たちが話しているのを耳にしていると、正直、エリートが羨《うらや》ましくなることもありますね。夢を語り合ったりしてるんですよ、卒業したての若いやつらが集まって。自分もいまに出世して、立派な椅子になってやる。そんなのを聞いていると昔の自分が重なって、少し寂しくもなるんですがね。

私なんて、いまとなっては未来よりも、安定的な職に就けているこの瞬間のことだけで満足してしまうようになりました。同世代には、いろんな事情で不安定な境遇に置かれている人間もたくさんいますからねぇ。掛け持ちで複数の椅子をこなさざるを得ない人の話を聞くと、大変だなぁと思います。飲み屋でみかん箱みたいな扱いを受けている椅子たちもいますしね。それに比べると、たとえ夢破れた人間だとしても、こうしてまともに生活していけている現実に、きちんと感謝すべきなのだろうと思っています」

私は、男にこう願い出てみた。

「もしも可能ならですが……少しだけで構いません、座らせていただくことはできないでしょうか」

恥ずかしながら、私はまだ椅子男に座った経験がなかった。オフィスのデスクにある椅子も、近々すべて取り払われて椅子男に刷新《さっしん》されるという噂《うわさ》は流れているが、いまは単なる既製品だ。

先進的な企業では、どんどん椅子男の導入が進んでいる。座り心地がいいので作業効率があがったり疲労軽減につながったりするのはもちろんのこと、ちょっとした内容なら話すだけで覚えていてくれるので、メモ代わりになったりもするのだ。

優秀な椅子男であれば、仕事の助言をしてくれたり、離席中に作業を進めておいてくれるなどというケースもあるらしい。もっとも、このままでは既製品の椅子ばかりか、やがて社員までもが椅子男に取って代わられるのではないかという危惧《きぐ》もあるのだが。

快諾してくれた男に、感謝しながら私は言った。

「じつは、椅子男の方に座らせていただくのは初めてなんです。どうすれば……？」

「はは、普通の椅子と何ら変わりはありませんよ」

そう言うと、彼は立ち上がって膝《ひざ》を曲げ、椅子の形に早変わりした。

私は目を瞠《みは》りつつ、何となく慎ましい気持ちになりながら、失礼しますと腰掛けた。

「上等な椅子とは比較にならないと思いますが」

彼の言葉とは裏腹に、ちょっと意外なほど、座り心地はよいものだった。筋肉質のごわごわした感触なのかと思っていたが、適度な脂肪がついていて柔らかさがある。服越しに男の体温を感じたが嫌なものでは決してなく、むしろ人の温《ぬく》もりを感じさせた。

「まあ、一応、こんなこともできますよ」

男が言うと、私の両側に彼の腕がさっと伸びた。

「よければ、肘《ひじ》を掛けてみてください。これをやるのは卒業以来なので、うまくいくか分かりませんが」

笑う男の言葉に甘え、慎重に肘を預けてみた。頬杖《ほおづえ》をついてみもしたが、男は微動だにしなかった。私は感嘆せざるを得なかった。

「言うほどじゃありませんよ」

男は謙遜《けんそん》するばかりだった。

「椅子男の花形、飛行機に乗っているようなやつなんかに座ってしまえば、私なんかビールケースに思えますよ。ファーストクラスやビジネスクラスとは言わずとも、エコノミーでさえ、素人でも違いがはっきり分かりますから。彼らの強靱な肉体ならばリクライニングだって可能ですし、何せ気が利く。暇なときは、いい話し相手にもなってくれるんです。私も学生時代に一度だけ体験で座らせてもらいましたが、得も言われぬ座り心地でした」

私は男に礼を言い、立ち上がった。

そして、同じく立ち上がった男に言った。

「今日は本当にありがとうございました。やはり、取材しないと分からないことばかりでした。僭越《せんえつ》ながら、素晴らしいお仕事だと、私は強く思いました」

男は、ただ微笑《ほほえ》んで受け流すだけだった。

「いい記事が書けそうです。感謝します」

私たちは握手を交わし、それが取材の終わりを告げるものとなった。

後日のことだ。

取材記事の掲載誌を男に献本して数日経《た》ったころ、私のもとに一通の手紙が届いた。見ると、あの椅子男からだった。

そこには記事に関する丁寧な感想が書かれてあり、追伸として、こんなことが書かれてあった。

――私事ですが、このたび結婚をすることとなりました。兼ねてからお付き合いをしていた椅子女です。最近では、この業界にも女性が進出してきましたが、まだまだ数は少なく、私はみんなのマドンナに手を出してしまった形で仲間からの嫉妬《しっと》の渦中です――

手紙の最後は、こう結ばれていた。

――妻が日常に疲れ果ててしまったとき、安らぎを求めて座りたくなり、そして癒してあげることができる、そんな夫でありたいと思っています――

私は、男の夢が、かつての憧れが、別の形で叶《かな》うであろうと確信した。

彼ならば、きっと妻の尻《しり》にもうまく敷かれるに違いない。

テニス部の序《じょ》列《れつ》

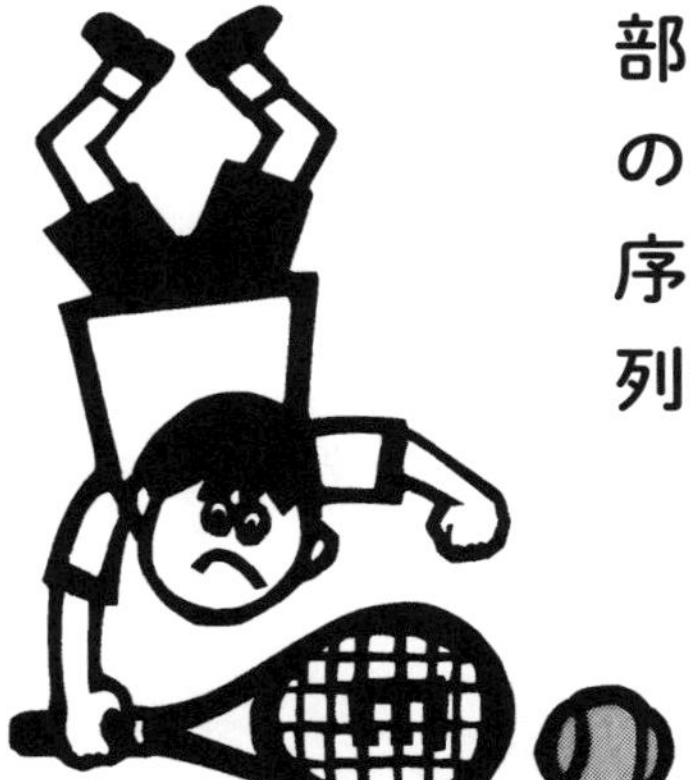

E高にあがって驚いたことは、部活の年功序列というものだった。

ぼくの入ったテニス部も例にもれず、学年ごとにきっちりと練習メニューが分けられていた。一年生は先輩たちのコートに張りついて、ボールを拾うボールボーイを務めながら筋トレと走り込みにひたすら励む。練習時間の最後の三十分間だけ、四面あるコートのうちの一面を使わせてもらってラリーができるという仕組み。

序列があるのは練習メニューにとどまらない。練習に使うテニスボールもその範囲内だった。三年生は、蛍光イエローがまぶしいふわふわした新品ボールなのだけど、二年生はそのお下がりで、一年生に至ってはフェルトのとれたハゲボール。

慣れない序列に、入部当初は何度も心が折れそうになった。でも、そんなぼくに力をくれたのが、カリスマキャプテンの存在だった。

現キャプテンは歴代一とささやかれるほどストイックな心の持ち主で、部に絶大な影響を与えていた。思いついたことは実行しないとおさまらず、二年の夏にキャプテンに就任してからは、部の改革をテーマに掲げ常識破りのいろんなことに着手してきたらしかった。

「おまえらが入るちょっと前、練習メニューに手のひらでボールを打ち返す練習を取り入れたのもキャプテンだ」

入部直後に、一つ上のこわそうな先輩が教えてくれた。

「そんなことをして何になるんですか？」

未熟なぼくは真意がくめず、最初はずいぶんアホなことを聞いたものだ。

「ばかやろう！」

どなり声が返ってきたので、面食らった。

「それじゃあ聞くが、ここぞという場面でラケットを落としたら、おまえはどうするんだ」

答えられずに黙っていると、先輩が言った。

「何もできずにぼーっと突っ立ってるだけだろうが。だが、ここでキャプテンの練習が活《い》きてくる。手で打ち返せればリターンできるというわけだ」

「それって反則じゃないんですか……？」

「ばかやろう！」

またどなられて、ぼくはすっかり萎縮《いしゅく》した。

「今年の一年は口ごたえばかりだな」と、先輩。「そんなことはどうでもいいんだよ。大事なのは、先を見越して行動できるかどうか。これがリスク管理というものだ」

リスク管理……考えたことすらなかった話だ。中学と高校では考え方がこんなに違うものなのかと、ぼくはカルチャーショックを受けたのだった。

「もっとも、いまのは全部キャプテンの受け売りだがな」

それから、と先輩はつづけた。

「シャモジでテニスボールを打つ練習を取り入れたのもキャプテンだ。シャモジは面が小さいからな。ちゃんと集中してないと、ボールに当てることすらできない。これは、振れば当たるさ精神を根絶するための練習法だ」

目から鱗《うろこ》とはこのことだ……そんなすごいことを考える人がいるものなのか！

ぼくの胸は、キャプテンへの尊敬の気持ちでいっぱいになっていた。それが顔に出たのだろう。先輩に深刻さが足りないとどなられて、その後グラウンドを十周させられたのだけど。

それはともかく、以来ぼくはキャプテンのことをすっかり崇拝《すうはい》するようになったのだった。

入部してふた月ほどがたった、ある日のこと。

ぼくがボールボーイをしていると、キャプテンの大声が突然コートに響き渡った。

「全員、シュウゴウヴッ！」

「ハイッ！」

キャプテンの号令は絶対だから、全員急いで一番コートに集合した。

「遅いッ！　最後に来たやつは腕立て五十回ッ！」

「ハイッ！」

それが終わるのを見届けると、キャプテンはうしろで手を組み、部員全体をゆっくりと見渡した。

「今日は、ひとつおまえらに提案がある」

歩きながら、キャプテンは言った。

「おれは前から、あることが気になっていたんだよ」

少し間をとり、つづける。

「それは、このテニスコートのことだ。人工芝がすっかりすり切れて、理想の環境とは程遠い。しかし、これまでこの問題はずっと放置されてきた。一番右のやつ、なぜだと思う？」

「お金がないからですッ！」

「そう、それが問題だった。世の中には、情熱だけでは解決できないことがあるものだ。だがこのたび、長年の部費の積立でコート張替えの予算を確保するまでこぎつけた。つまりはだ。とうとうコートを全面改修できるんだ」

そこら中で、おぉ、という声があがった。

と、キャプテンは突然、口調を変えてこう言った。

「が、おれはあえて、おまえらに問いたい。人工芝の張替えが、果して我々にとって本当に一番良い選択肢なのかと」

ぼくは言葉の意味が分からずに、ただただ混乱するのみだった。それは周りも同じだったようで、横目で探るとほかの先輩たちも曖昧《あいまい》な表情を浮かべていた。

キャプテンは足を止め、またもや全体を見やった。

「おれはこう考えたんだ。コートを張替えるとなれば、工事期間はコートが使えなくなってしまう。ということはだ。改修中は校外の施設を予約して、わざわざ移動して練習しないといけなくなる。それは時間がもったいないとは思わないか？　時間というのは限られたものなんだ。移動に時間を費やすくらいなら、ボロいコートで練習をつづけた方がましだと、おれは考える」

でも、と、ぼくは心の中で首をかしげた。移動時間がかかってしまうなんて、そんなの仕方ないんじゃないのかなぁと思ったのだ。

「仕方がない。いま、そう考えたやつもいるだろう」

内心を見透かされたようで、どきっとした。

「おれはな、その手の言葉が大嫌いなんだ。口にした瞬間から思考が停止してしまうからな。すべてを満たす解決策はないものか。あきらめず、考えつづけることが重要なんだ」

さすがはキャプテンだ……。ぼくは自分の小ささに、恥ずかしさがこみあげてきた。

「そして考えつづけた結果、ついにおれは解決策を見出《みいだ》した。ここに宣言したい。コートの張替えは中止する！」

なんだって、と、ぼくは目を見開いた。

「その代わり、別のものの張替えを行いたいと思う。左のやつ、何だと思う？」

「分かりませんッ！」

「ボールだよ」

場は一斉にどよめいた。

「コートではなくボールの方を芝にする。それならば、大掛かりな工事は必要ない。おれはそのことに気がついたんだ。よってこれより、芝のボールを我がテニス部で自作することとする！」

先輩のひとりが挙手をした。

「キャプテン！　芝のボールを作るとは、いったいどういうことでしょうか！」

「ふむ、テニスボールの表面はフェルト素材で出来ているだろう？　それをぜんぶ引っぺがし、芝に置き換えるという意味だ。そうすることで、コートを問わずに跳ね方、滑り方、すべての点で芝のコートと同じ状況が再現できるというわけだ」

なるほどと、ぼくは大いに興奮した。

さすがはキャプテン！　見事な逆転の発想だ！　常識破りにもほどがある！

しかし別の先輩が挙手をした。

「キャプテン、いいでしょうか！」

「なんだ」

「たしかにボールの跳ね方や滑り方は芝を再現できるかもしれません。ですが試合本番で使われるのは、あくまで普通のボールです。ボールが変わってしまっては、ラケットで打つときの感覚も狂ってしまうのではないでしょうか」

「おまえはグラウンド百周だ」

キャプテンは冷たく言い放った。

「新しいことをするときに否定的な意見を言うのはナンセンスだと、何度言ったら分かるんだ。建設的なことだけを言うように！」

「ハイッ！　すみませんでしたッ！」

先輩はグラウンドの方へと走って行った。

「ほかに意見はないか。質問も受けつけるぞ」

同級生が、おそるおそるといった様子で口を開いた。

「芝というのは、人工芝のことでしょうか」

「いい質問だ。芝は天然芝でいきたいと思っている」

またどよめきが起こった。

「ですがキャプテン。国内の芝コートのほとんどは人工芝だと聞いたことがあります。それならば、人工芝に合わせるのが妥当なのではないでしょうか……」

「その考え方がいけないんだ。おまえは何を見据えてテニスをしている」

言葉に詰まった同級生に、キャプテンは言う。

「テニスの四大大会で、いちばん歴史が古いのはどの大会だ」

「……ウィンブルドンです」

「じゃあ、そのコートは何で出来ているか知ってるか」

首を振る。

「あれはな、天然芝で出来ているんだ。だったら、我々のボールもそれに合わせるのが理屈だろう。テニスプレイヤーたるもの、目指すはウィンブルドンだ。野球部のやつがプロを見据えて木のバットで練習するのと同じことだ」

　壮大なビジョンに息を呑《の》み、ぼくは再び自分の小ささを思い知った。

「目標は高く持て！　以上ッ！」

「ハイッ！」

「一年ッ！　おまえらには当面のあいだ、ボールの張替えをやってもらう。頼んだぞッ！」

「ハイッ！」

　その日から、悪戦苦闘の日々がはじまった。

　まずはコートの隅っこで、新品ボールのフェルト部分をどんどん剝《は》がしていく。これがなかなか骨の折れる作業で、カッターやら毛抜きやらを駆使して工夫しながら進めていった。フェルトを剝がすと黒いゴムボールが現れて、中はこうなっていたのかと初めて知った。

　部活の時間内ではまったく作業が終わらないので、各自で分担して家でもひたすら作業した。

　授業中にも内職していたのだけど、それはあえなく教師に見つかって没収されてしまった。あとで作業の理由を聞かれて話すと、教師は鼻で笑ってばかにしてきた。キャプテンの崇高《すうこう》なビジョンを知るぼくは、腸《はらわた》が煮えくりかえる思いだった。でも、反論するのは我慢する。新しいことをするときには否定するやつが大半だ。それをいちいち相手にするのは時間の無駄。キャプテンの言葉が、ぼくの頭にこだましていた。

汗水たらし、すべてのボールをなんとかゴムボールに変えたころ。一台のトラックがコートの近くまでやってきた。

「芝が来たぞッ！」

それをもって、ぼくらは仕上げの工程に取りかかった。ゴムボールに接着剤を塗りつけて、ひとつひとつ丁寧に芝を貼《は》りつけていく。隙間《すきま》のないよう貼っていくのは、相当に集中力が問われる作業だった。自分自身と戦う日々がつづいていった。


「よし、試し打ちだ！」

カートいっぱいに溜《た》まった芝ボールを前にして、キャプテンが声を弾ませた。目を輝かせるキャプテンを見て、ぼくはすべてが報われる思いだった。殿様に貢《みつ》ぎ物を献上する家来の気持ちが、少し分かったような気がした。

でも、大事なのはここからだ。仕事とは、過程ではなく結果で判断されるものなのだ。

キャプテンが、ボールを手にとりラケットを構えた。ボールが離れる。鋭いスイングがそれをとらえる……。

ぽすん、と音がして、ボールは弱々しく飛んでネットに引っ掛かった。

失敗かと、瞬間的に落胆した。が、振り返ったキャプテンの顔には笑みが浮かんでいた。

「素晴らしい！　これだよ、このボールを打ちこなしてこそ、一流のテニスプレイヤーになれるんだ！」

ぼくたちは歓喜にわいて、お互いに握手をかわしあった。何より、キャプテンの期待に応《こた》えられたということが、嬉《うれ》しかった。

キャプテンは目を細めて言った。

「よくやった。ここまで来るのは本当に大変だったろう。その苦労をたたえ、今日から一年全員、四番コートをずっと使ってよいこととするッ！」

これ以上ない、最高のご褒美《ほうび》だった。ぼくたちは間髪を容《い》れずに一斉に言った。

「ハイッ！」

それからも、ぼくたち一年は自主的にボールの管理をルーティーンに組み込んで、質の維持に努めつづけた。芝ボールに欠かせないもの。それは芝の手入れだった。

ボールの芝は、放《ほう》っておくと日に日に伸びていってしまう。そこで部費でバリカンを購入し、一球一球、長さを揃《そろ》えるための芝刈りに精を出した。

芝の生育に悪影響を及ぼすので、雑草にも目を光らせておく必要があった。芝刈りのときに一緒に確認し、雑草を見つければ丁寧に抜き取った。

水やり作業も忘れてはならない。数日おきに霧吹きで水をやり、日向《ひなた》に転がし芝の生育を助けてやった。

少しでも手入れを怠れば、目に見えて芝は悪くなる。ボール磨きなんかより、よっぽど精神力が磨かれる。まさに一球入魂の思いで作業に取り組みつづけた。


「おーい、後半組はラリーの時間だぞーッ！」

同級生に声を掛けられ、ぼくはバリカンの手を止めて立ち上がった。

思いきり背を伸ばし、ラケットを手にしてガットを直す。

「一年、交代が遅いぞッ！」

キャプテンが声を張りあげる。

「ハイッ！」

ダッシュでコートに駆けていく。

芝ボールの手入れで満足していては話にならない。プレイヤーとして成長することこそが、真の意味で部に貢献するということなのだ。キャプテンから掛けてもらった言葉を噛《か》みしめて、コートに入る——。

こうしてぼくらは晴れてキャプテンに認められ、新たなステップへと足を踏み出すことができたのだった。

それでももちろん、今でも部活の序列は健在だ。ボールボーイは一年の大事な務めだし、お茶くみ係もぼくらの仕事。これぱっかりは、時間の経過を待つしかない。

ボールの序列も相変わらず。青々と美しく輝く芝ボールを使えるのは三年だけで、二年は褐色になった枯れ芝ボールを使っている。

でも。同じ劣化ボールだとしても、前のやつに比べると遥《はる》かにレベルは上がっていると断言できる。なにせこちらは我らがキャプテンのお墨付き、ウィンブルドンを模して作った特別仕様の芝ボールなのだ。

ぼくたち一年に関しても、あのハゲボールとはいまやすっかり無縁になった。今度のボールは、見た目こそ芝の抜け落ちてしまった土のかたまりそのもので、実際打つとガットはひどく汚れるのだけれど、何しろ元のレベルが別次元。使うだけで、どんどん上達していくような気がするのだから怖いくらいだ。

いまぼくたちはウィンブルドンの誇りを胸に抱き、泥まみれになりながらラリーに励む毎日を送っている。

穴埋め問題

解答用紙が前から順番に回ってくる。ダルいなぁと思いながら一枚取って、ぶっきらぼうに後ろに回す。

「それでは表を向けて、はじめ！」

一斉に紙をめくる音がする。

そんなに焦らなくたってと、頬杖《ほおづえ》をついて時計を見ながらぼんやり思う。どうせ時間はたっぷりあるのだ。何なら、ひと眠りしてからはじめたって遅くはない。いつも赤点付近を彷《さま》徨《よ》っている、おれの場合。

授業をまともに聞いたことなど一度もない。寝るか、ノートに落書きをするか。先生にはしょっちゅう怒られてばかりいるけど、適当に謝ってやり過ごす。メンデルがどうとかいうことなんて、将来役に立つわけがない。そんな科目のテストだなんて、授業よりも、もっと無意味だ。

おれは溜息《ためいき》をつきながら、解答用紙を一応めくる。

問題文を読むのもダルい。

そう思って視線を落とした瞬間だった。おれは目を疑った。

そこには一文、こんなことが書かれているだけだったのだ。


問．次の穴を適切なもので埋めなさい。


そして、その下には手のひらほどの大きさの四角い枠が描かれていた。

これがテスト……？

おれは訳が分からなかった。枠の中の空白部分を埋めるにしても、いったい何を書けばいいというのだろうか……。

一応、問をもう一度読む。

同じ言葉が佇《たたず》んでいる。

そして、空白。

選択問題なら、一緒に選択肢が書かれてあるはずだ。それがないということは、記述式の問題だろうか。にしても、具体的に何を書けばいいのか、指示は一切見当たらない。

何でも自由に書いていいということか……。

おれは、この人を食ったような解答用紙にだんだん腹が立ってきた。もういいや、落書きでもしてやろう。どうせ、ちゃんと解いても赤点のテストなんだから。

おれはシャーペンを手に取り、書こうとした。

そのときだった。

一瞬、何が起こったのか分からなかった。

反射的に固まりながらも、目の前の事態を理解しようと試みる。

あろうことか、シャーペンが解答用紙を突き抜けていたのだった。

紙が破れたわけではない。空振りを食らったというか、そこにあるはずの紙の表面が存在せず、そのまま通り抜けてしまったのだ。

おれはシャーペンを投げだして、恐る恐る解答用紙を触ってみた。

と、四角い枠の内側に入ったかと思った瞬間。指は崖《がけ》から落ちるように、すとんと吸いこまれて底に着いた。

おれは呆然《ぼうぜん》としてしまう。

指で底を探ってみた。すると、同じ色で見分けがつかなかったけど、枠の内側はぽっかり四角くくりぬかれたみたいになっていることが判明した。

裏をめくって調べてみても、普通の紙と変わりはない。

もう一度、表に返して問を読む。


問．次の穴を適切なもので埋めなさい。


その刹那《せつな》、おれはまさかと思った。

もしかして、問に書かれた「穴」というのは、ここにある空間のことなのか……？

「何をやってるんだ」

不意に声を掛けられて、おれはびくっと反応した。顔をあげると、先生がこちらを睨《にら》んでいた。

「ぼけっとしてないで、早く持ってきたもので埋めなさい」

「埋める……？」

呟《つぶや》くと、先生は呆《あき》れ顔《がお》で言った。

「ははあ、また聞いてなかったんだな。今回のテストは穴埋め問題にすると言ったろうが。となると、おまえは持ってきていないということか」

「何をですか……？」

「穴を埋めるものを、だ。各自持ってくるように言ったじゃないか。いいか、これはな、新しい形のテストなんだ」

先生は誇らしげに胸を張る。

「生物を深く理解するには、机に齧《かじ》りついているだけではお話にならない。かと言って、野外活動に徹していればいいというわけでもない。その両方がバランスよく合わさってこそ、真の理解に至るんだ。そこで今回のテストでは、デスクワークとフィールドワークを掛け合わせた形式を採用した。それがこれだ」

先生は空白を差す。

「穴にふさわしいと思うものを探してきて、それで解答用紙を埋めるんだ。周りを見てみろ」

言われておれは、初めて周囲を見渡した。

みんな必死の形相で、せっせと穴に何かを入れたり、ひっくり返したりしているようだ。

隣のやつは、水の入ったビニール袋を手にしていた。中にはオタマジャクシが泳いでいる。傾けながら、穴に水を注いでいく……。

「こら、カンニングしろとは言ってないぞ」

一喝されて、肩を縮める。

「分かったか？　これが文字通りの穴埋め問題というわけだ」

「はあ……」

一応、穴を埋めるという意味は分かった。

でも、と、おれは尋ねた。

「いったい、何で穴を埋めればいいんですか？　こんな問題に正解なんてあるんですか？」

「ばかやろう！　あるわけがないだろう！」

「ええっ!?」

戸惑うおれに、先生は諭《さと》すように言う。

「厳密に言えば答えはある。が、ただひとつの正解なんてものはない。いいか、そもそもな、社会に出たら正解なんてものはないんだよ。自分なりに頭を絞って、これだと信じることをやるしかない。評価はあとからついてくる。そんなもんだ。そしてこれは、その予行練習だと思え！」

迫力に押されて、思わず頷《うなず》く。

ところで、と、先生。

「おまえ、今度のテストで赤点だったら留年もありうるぞ」

「留年!?」

「この成績で進学させたりしたらE高の恥だからな」

おれは頭を抱えた。

このままじゃ、赤点どころの話じゃない。埋めるといったって、何も持ってきていやしないのだから。消しゴムのカスででも埋めればいいのか。でも、これは生物のテストだ……。

「しょうがないやつだ。特別にチャンスをやろう」

先生は溜息をついた。

「校内に限って移動を許可する」

「ほんとですか!?」

「ただし、それで赤点だったら、そのときは覚悟しろよ」

励ますように肩をぽんぽん叩《たた》かれる。

「採取する袋を忘れるな、行ってこい！」

それを合図に、おれは急いで教室を飛びだした。

廊下に出て、きょろきょろとあたりを見回す。

真っ先に目に留まったのは蛇口だった。

でも、と、考える。ただの水を入れたところで意味があるか？　微生物が入っていれば点が取れそうだけど、それを求めるなら水溜《みずたま》りのほうがよさそうだ。

おれは中庭に出て、水溜りを探す。が、生憎《あいにく》の晴天で見当たらない。

水の路線は諦《あきら》めて、すぐに頭を切り替える。

生物のテストなんだから、入れるものは生き物にしたほうがいいだろう。ただ、あの穴の大きさを考えると、収まるものは限られてくる……。

虫はどうか。

そう思い、おれは校庭に出てそれを探した。

遠くに蚊柱が立っているのが目に入り、走っていって袋を振って捕まえる。よし、この蚊を答えにするか。

いやいや、待て、と留《とど》まった。

これだと穴に入れても飛んでいってしまうじゃないか。そうなると、ただの未記入解答だ。

死骸《しがい》を入れるのはどうだろう。だけど、それもいかがなものか……。

悩むうちに、時間はどんどん過ぎていく。

早くしないと！

おれは蚊を手放すと、別の答えを探して校内を走った。

生き物、生き物、生き物、生き物。

みんな事前に頭を絞り、テストに備えてきているのだ。そう簡単にいいものが見つかるわけがない。諦めの感情が押し寄せてくる。ちゃんと準備をしていればと、今更ながら悔やまれる。

そのときだった。ふと、おれは解答用紙が映像になって頭に浮かんだ。

そういえば、あの感じ。なんだか見覚えがある気がする……。

次の瞬間、内心であっと声をあげた。

あのぽっかり空いた白い穴——。

小学生のころだっただろうか。おれの中に、母親と一緒にガーデニングをした記憶がよみがえってきていた。ホームセンターで買ってきた土に、種を埋める。朝顔《あさがお》に向日葵《ひまわり》、サルビアにマリーゴールド。

あれだ！　あれを答えにしよう！

おれは慌てて周囲を見渡す。

目的のものを見つけると、すぐに駆け寄る。

袋に詰めて、急いで教室へと舞い戻る。

「残り五分」

先生の声に焦りながら、採取したものを穴の中に詰めていく。

クラス一の優等生は、すでにペンを回して暇そうにしている。

仕上げにと、穴の周囲の汚れを拭《ふ》く。

「はい、そこまで！」

おれは、ふぅと息をついた。

何とか間に合った……。

解答用紙が後ろから順番に回収される。おれも重ねて、前に渡した。


テストが返却されるまでは、妙な緊張感がクラスに漂う。

数学や国語、英語などの結果が続々と返ってくる中で、生物のテストだけは返却までに時間がかかった。

あの日以来、友達の間ではそのことがときどき話題にのぼっていた。お互い何を入れたかの探り合いもさることながら、いったいどうやって採点されるのか、勝手に想像を膨らませては噂《うわさ》した。

テストから数週間がたった、その日。

とうとう先生が口を開いた。

「やっと採点が終わったよ。返却するから、順番に取りにくるように」

ざわめきの中、名前を呼ばれた生徒から教壇の前に並びはじめる。

か細い悲鳴や溜息が教室の中にこだまする。

一方で、口元がほころぶやつもいる。

どう採点されたのか、待たされている生徒たちはさりげなく他のやつの結果を覗《のぞ》きこもうとしてみたり、返却された生徒たちは見られないようすぐ隠したり。

ついに自分の名前が呼ばれ、前に出た。

先生は思わせぶりに険しい顔をしたあとで、ぱっと明るい笑顔を見せた。

「やればできるじゃないか！」

教壇の下から取りだされたものを見て、驚いた。

おれの解答用紙からは、緑色のものがたくさん伸びていたのだった。

ぽっかり空いた白い穴――。

あの日、その空白に重ね合わせて連想したのは、むかし母親と一緒になっていじっていたプランターだった。だからおれは花壇の土を袋に入れて、解答用紙に詰めたのだ。

それと同時に、なるほど、採点に時間がかかるわけだと納得した。きっと先生は、土に混ざった種が芽を出すまで待っていてくれたのだろう。おかげで赤点を免れた……ばかりではなかった。

採点基準はよく分からない。

けれど、記入されていた得点は、これまで見たことのないものだった。

「よくやった！　おまえが学年の最高点にして、満点だ！」

わぁっと周囲で声があがり、カッと身体《からだ》が熱くなる。

おれが満点……。

まるで夢を見ているようだった。

しかも、だ。

返却された解答用紙に目をやると、穴から何本も伸びた緑色の茎の先には、あるものがちょこんとついていた。

それは、小さくて可憐《かれん》な花——。

ハナマルをもらったのなんて、小学生のとき以来だ。

鳴らないトランペット

――このたび、Sの慰霊《いれい》コンサートを開催する運びとなりました。生前、Sに関《かか》わりのあった方々にお声掛けさせていただいています。もしよろしければ、来てやってはいただけないでしょうか――

親友の弟Sくんが亡くなってから、もう三年が経《た》つ。自ら命を絶つという、不幸な最期だった。

男三兄弟の末っ子で、真面目《まじめ》で明るい子だったのを覚えている。だからこそ、不幸を知らせる連絡をもらったとき、あまりの衝撃で言葉を失《な》くした。

ぼくの弟とSくんも同い年で、同じ中学に通っていた。

彼らが高校に進学するとき、ぼくの弟はSくんに、一緒の高校に行こうと誘ったらしい。

当時の学力で、SくんはE高に合格できるかどうか微妙なラインだったのだという。それでも、見事に合格した。ぼくの弟の何気ない誘いに大きく支えられてのことだったと、Sくんは生前語っていたそうだ。

そんなこともあって、親友一家とは家族ぐるみで交流してきた。

ぼくの弟が挫折《ざせつ》したとき、親友は弟を旅に連れていって励ましてくれたこともあった。だから余計に、ぼくは無力感に苛《さいな》まれることがある。自分は、親友の弟Sくんに何もしてあげられなかった。いや、もしも生前、何かをしてあげられる機会を与えられていたところで、自分などにいったい何ができただろう。一人で自身と戦って、もがき苦しんだであろう彼に対して。

Sくんは、遺書を残して忽然《こつぜん》と消えた。連絡が途絶え不審に思った家族が彼のアパートに行ったとき、部屋の中はごみ屋敷のような散らかりようだったらしい。

発見されたのは、失踪《しっそう》から二か月たってからのことだ。

最悪の事態を覚悟していたという親友は、やっとSくんが発見された、と電話口で努めて明るく言った。

「なんだか、まだSが生きてる気がするよ」

掛けられる言葉など、見つからなかった。

「なぁ、死後の世界って、どこかに存在すると思う?」

どう応じれば正解だったか。いまも答えは見つかっていない。

以来、作家を生業《なりわい》としているぼくは、死というテーマを扱うとき、ずっしりと重みを感じるようになった。人は簡単には死なない。でも、ときにあっけなく死んでしまう。

自分のしている、書くという行為の意味とは何か。この理不尽な現実に対して、自分のできる悪あがきとは何か——。

そんなことを考えているうちに、三年もの月日が流れていた。


「久しぶり」

ぼくは人で溢《あふ》れかえったロビーで親友の姿を見つけて声を掛けた。

「おおっ」

いまやバリバリの商社マンの親友は、持ち前の潑剌《はつらつ》とした雰囲気で、こんな場でも明るくさせてしまう力がある。

「元気してた?」

「うん、なんとかね。それにしても、すごい人だなぁ……」

同じような境遇の方々との合同コンサートなのだろうか、と周囲を見渡しぼくは思った。

「ご無沙汰《ぶさた》しています」

振り向くと、親友のお母さんの姿があった。

ぼくは軽く会釈をする。

お母さんは、ありがとうございます、と頭を下げた。

「お忙しいのに来ていただいて……突然のお手紙を許してください」

いいえ、全然、このたびは……。

「こういったコンサートは、よく開かれてるんですか？」

「いいえ、これがはじめてです。同時に、最後の会でもあって……不思議な指揮者を紹介してもらったんです」

「指揮者？」

「ええ、ですから、今日がSの最後の演奏になるんですよ」

「Sくんの……？」

ぼくは素直に疑問を抱いた。

「演奏って……今日はSくんを偲《しの》ぶ会じゃないんですか？」

慰霊コンサートというのは、故人の魂を鎮《しず》めたり、遺族などの残された者の心を癒《いや》したりするために行われるのが通常だ。今日はみんなで音楽を聞きながら、Sくんのことを追悼《ついとう》する日じゃないのだろうか……。

ふと、ぼくは思いだした。Sくんは、ずっと吹奏楽をしていたことを。彼は優れたトランペット奏者だった。中学時代には全国大会にも出場していて、E高でも吹奏楽部に入っていた。

そのことが、お母さんの言葉と何か関係があるのだろうかと、ぼくは思った。

「まあ、理屈はいったん抜きにして、とりあえず中に中に」

事情を知っているらしい親友に促され、ぼくたちはホールに足を踏み入れた。

座席について、ステージのほうに目をやった。幕はすでに開いていて、楽器たちがずらりと台座に据えられていた。

「あれは……」

よくあるコンサートの場合なら、楽器はだいたい入場のときに奏者が手にして入ってくる。

「右から三番目がSのトランペットなんです」

隣に座ったお母さんが口を開いた。

「ステージにあるのは全部、今日ここに来ている遺族の人たちに残された遺品です。うちの場合は、トランペット。あれからずっと、どうしてもケースを開けられずにそのまま倉庫にしまっておいたものです」

お母さんはステージの上の楽器に視線をやる。

「ケースの蓋《ふた》を開けてしまうと、耐えられなくなるのは分かっていましたから……。

あのトランペットは、Sが中三のときに買ったものなんですよ。全国大会に出場することが決まって、楽器屋の社長さんにお願いして一か月かけて良いものを探してもらったんです。Sは社長さんが用意してくれたヴィンセント・バックの三本から、一番吹きづらいものを選びました。たぶん、一筋縄《ひとすじなわ》ではいかない楽器を、思うように仕立ててやろうと考えたんだと思います。長らくSはトランペットと格闘していたようですが、何とかそれなりに扱えるようになったようです。

本人はとても嫌がりましたけど、わたしは夫と一緒に何度も演奏を聴きに行きました。トランペットを吹いているときが、一番生き生きとしていた時間だったように思います。でも、もうその姿を見ることはできません。楽器を置き去りにして、奏者のほうが先にあちらに行ってしまったんですからね。

あの輝いていたころのSを思いだすのが辛《つら》くって、わたしたちは残されたトランペットに手をつけることができませんでした……あの指揮者に出会うまでは」

ステージ上では、楽器たちがそれぞれ光を放っている。

トロンボーン、ホルン、チューバ。

クラリネット、コントラバス、パーカッション。

そしてぴかぴかに磨かれたトランペットは、見事な金色だ。

「その、指揮者というのは……」

「特別なタクトを振る人なんです」

お母さんは語った。

「元々は神事に関わることをされていた人らしくって。そのタクト——指揮棒も、古来、日本の神事で使われてきた榊《さかき》でつくられた特別なものなんです。榊のタクトは、この世に残る心のエネルギーに働きかける作用を持っているそうです。指揮者は楽器に残った奏者の思いに働きかけて、もう一度、音を奏《かな》でさせてあげる。そうすることで、不幸な魂《たましい》を癒すことができるんです」

「それじゃあ、今夜、演奏するのは……」

「Sを含めた、楽器に残った故人の魂たちなんですよ」

ぼくは堪《たま》らず親友のほうに目をやって、助けを求めた。

「分かる、分かる」

親友は笑った。

「おれも親から聞いたときは、いかにも怪しいとしか思わなかったから」

でも、と、真顔でつづけた。

「別の人の慰霊コンサートに招待されて、実際の演奏に触れてびっくりしたよ。誰《だれ》も人がいないのに、勝手に楽器が宙に浮かんで音を奏ではじめるんだからなぁ。最初こそ手品みたいに何かで操ってるのかと思ったけど、目には映らない透明な人が、楽器を手にして演奏してるようにしか見えないんだ。ホールは啜《すす》り泣く声で満たされてた。あとで聞いたら、どの楽器が奏でる音も故人の演奏そのものだったらしくって」

だから、Sのトランペットもお願いすることに決めたのだと言い添えた。

ぼくが何も言えないでいると、親友は時計を見て、ステージを向いた。

「さあ、そろそろ開演だ」

アナウンスが響き、ホールは静寂《せいじゃく》に包まれる。

ぼくは座席に座り直して、そのときを待った。

ゆったりとした足取りで、舞台袖《そで》から人影が現れた。燕尾服《えんびふく》を着た白髪の老人――指揮者だ。

老人は指揮台に登ると、並んだ楽器たちを見渡した。

枝葉の茂ったものを俊敏《しゅんびん》に構える。

榊のタクト――。

肩がぴくりとしたかと思った次の瞬間。

タクトがちょんちょんと動きだした。煽《あお》るように、何かを誘いだすように。

踊りはじめる、という表現がふさわしいだろうか。最初に反応したのは、ホルンだった。

台座の上で糸に引かれるようにして自然と弾みだしたのだ。

それを契機に、一斉に楽器たちが踊りだした。このときを待ちわび、抑えこまれていたものが爆《は》ぜるがごとく、一気にステージ上の箍《たが》が外れた。

タクトが撓《しな》る。指揮者が大きく躍動する。

ステージに、ついに奏者が現れた。

楽器が台座から持ちあげられるようにふわりと宙に浮かびあがると、ホールに音が鳴りはじめる。

オーボエ、クラリネット、フルート。

トロンボーン、チューバ、トランペット。

演奏はところどころ嚙《か》み合っておらず、素人耳にも決してうまいとは言えなかった。即興楽団の一夜限りの公演なのだ。それでも、そんなことは関係なかった。単なる音の連なりを超えた力強いうねりが、ぐっと胸に迫ってくる。

楽器は楽しげに踊りつづける。

奏者は影も形も一切ない。にもかかわらず、そのシルエットが見えるようだ。

ハーモニーが生みだされ、音の波が広がっていく。

フォルテからフォルティッシモへ。かと思ったらすぐに弱まり、ピアニッシモへ。

指揮者はときに繊細《せんさい》に、ときにダイナミックに、全身全霊で汗を飛ばす。

トランペットのソロに差し掛かるころ、ぼくはSくんの存在をはっきり感じとっていた。

自分は一度も、彼の演奏を見たことがない。だがいま、最初で最後の公演で初めて彼の生きざまを目にしているのだ。

楽器は空気を震わせつづけ、クライマックスへと駆けあがる。

花火のような華やかな音が派手に咲く。

バン、バン、バン、とフィナーレが飾られると、指揮者の両手が力強くぴたりと止まった。

一瞬のあいだ、ホールは真空さながらの静けさが支配した。

次の瞬間、轟《とどろ》くような拍手と声援が場を占めた。

指揮者はこちらを振り向いて、陽気に一礼をしてみせた。

スタンディングオベーション。

喝采《かっさい》の中、指揮者が指揮台をゆっくり降りる。楽器は大事に戻されるように、台座にふわりと据えられた。

指揮者が退場してもなお、拍手は鳴りやむことはなかった。

楽器はもはや、ぴくりとも動かない。

が、演奏し終わった奏者たちの疲労と興奮の混じった荒い息は聞こえてくる。

理屈で語れる域ではなかった。

この日の演奏を、ぼくは生涯、忘れないだろう——。


演奏会から数週間が経ってから、親友のお母さんからお礼の手紙をいただいた。

その中に、Sくんのトランペットは E高吹奏楽部のOB会に寄贈したと書かれてあった。

——あの演奏会に参加して、ようやく決心がつきました。鳴らないトランペットを持っていても、ちっとも幸せじゃないんです。どこかでまた誰かが吹いてくれることを、心の底から祈っています——


その後、数年が経った同窓会の立ち話でのこと。

吹奏楽部出身の友人から、偶然こんな話を聞かされた。

ＯＢ会の所有しているトランペットに名器と呼ぶにふさわしい代物《しろもの》があるという。ただし、並大抵の技量では音を出すことすらままならない。まるでトランペットが抵抗するように、吹いても吹いても音が出ないのだと彼は言った。

しかし、一度ものにしてしまえば、極上の音を奏でてくれる。不思議なことに、ときには楽器のほうが奏者をリードしてくることもあるらしい。

まあ、それは本当か分からない、都市伝説みたいなものだけど、と彼は笑った。

ぼくは友人に合わせて笑いながら、もしかすると、それはあのＳくんのトランペットではないかと思った。

あれだけの演奏を終えてさえも、トランペットにはＳくんのエネルギーが残っていた。そして手に取る者に、そう簡単にいってたまるかという意地を見せているのではないだろうか。

そんなことを漠然《ばくぜん》と考えていると、そうそう、と、友人は付け加えた。

そう言えば、そのトランペットは、ときどき誰も触れてないのに音を出すらしいんだ。

ぷっぷっぷっ、って。

友人は冗談めかして口にする。

「それがなんでも、笑ってるみたいに聞こえるらしくてさ」

《初出》

「層人間」「櫓を組む」
　「ランティエ」2016年6月号

「数学アレルギー」「鳴らないトランペット」
　「ランティエ」2016年7月号

「燃える男」「埃の降る日」
　「ランティエ」2016年8月号

「彼女の中の花畑」「青葉酒」
　「ランティエ」2016年9月号

「水丸」
　mizumaru primal
　http://mizumaru.com/primal.html

★その他の作品は書き下ろしです。

著者略歴

田丸雅智（たまるまさとも）
ショートショート作家。 1987年、愛媛県生まれ。東京大学工学部、同大学院工学系研究科卒。2011年、『物語のルミナリエ』（光文社文庫）に「桜」が掲載され作家デビュー。12年、樹立社ショートショートコンテストで「海酒」が最優秀賞受賞。「海酒」は、ピース・又吉直樹氏主演により短編映画化された。15年、ショートショート大賞の立ち上げに尽力し、審査員長を務めるなど、新世代ショートショートの旗手として精力的に活動している。主な著書に『夢巻』『海色の壜』など。

Kadokawa Haruki Corporation

田丸　雅智
E高《こう》生《せい》の奇《き》妙《みよう》な日《にち》常《じよう》

*

2016年9月8日第一刷発行

発行者 角川春樹
発行所 株式会社 角川春樹事務所
〒102-0074 東京都千代田区九段南2-1-30 イタリア文化会館ビル
電話03-3263-5881（営業） 03-3263-5247（編集）
印刷・製本 中央精版印刷株式会社

ISBN978-4-7584-1293-3 C0093
http://www.kadokawaharuki.co.jp/